启动幸福
的九把钥匙

邵正宏 著

THE NINE KEYS TO
HAPPINESS

四川大学出版社

责任编辑：王　玮
责任校对：黎伟军
封面设计：邓　涛
责任印制：王　炜

图书在版编目(CIP)数据

启动幸福的九把钥匙 / 邵正宏著. —成都：四川大
学出版社，2017.9
　（幸福人生系列）
　ISBN 978-7-5690-1188-3

Ⅰ.①启… Ⅱ.①邵… Ⅲ.①小品文-作品集-中国
-当代 Ⅳ.①I267.3

中国版本图书馆 CIP 数据核字（2017）第 233355 号

四川省版权局著作权合同登记图进字 21-2017-622 号
本书简体中文版权由橄榄出版有限公司授权芥菜种文化发展（深圳）有限公司

书名　**启动幸福的九把钥匙**
QIDONG XINGFU DE JIU BA YAOSHI

著　者　邵正宏
出　版　四川大学出版社
地　址　成都市一环路南一段 24 号（610065）
发　行　四川大学出版社
书　号　ISBN 978-7-5690-1188-3
印　刷　天津兴湘印务有限公司
成品尺寸　170 mm×230 mm
印　张　13.5
字　数　155 千字
版　次　2017 年 9 月第 1 版
印　次　2018 年 9 月第 2 次印刷
定　价　40.00 元

◆读者邮购本书，请与本社发行科联系。
　电话:(028)85408408/(028)85401670/
　(028)85408023　邮政编码:610065
◆本社图书如有印装质量问题，请
　寄回出版社调换。
◆网址:http://press.scu.edu.cn

序一

幸福是一种感受

幸福是一种感受，是个人的感受。你看别人很幸福，那人未必就觉得自己很幸福。幼儿园小朋友们放学时，校门外的爷爷奶奶、爸爸妈妈接孩子回家的景象，看在我们这些路人的眼里，觉得这些孩子真是幸福，但孩子却未必觉得自己身在幸福之中。若你觉得孩子太小，无法感受什么是幸福，那我再做个比喻。每逢除夕，中国人的大年夜，亲人从各地回到家中围聚一桌，固然有人觉得此刻幸福，但未必人人都有此感受。

幸福真是一种纯个人的感受，这种感受常常时过境迁，才会让我们想到，当时真是"人在福中不知福"。

对我来说，出国旅游是一种幸福；因病住院，却有儿孙围绕在病床前，也是一种幸福。

清晨被闹钟叫醒，尽管睡眠不见得充足，但这就是属于我的新的一天，自觉很是幸福。无论今天要处理多么棘手的事，毕竟这是一日之晨。新的一天，由此开始。

　　也许你不一定认同我的想法，但我由衷希望你拥有真正的幸福。

签名（孙越）

序二

加满幸福的油

几年前，台湾教育部门开始推行"学习型家庭"的理念时，曾引起一些人的热烈讨论。

"学习型家庭？有没有搞错？上班不得不学习，回家需要放松，家就是要休息的地方，学习型家庭一定会让家人都很紧张。"

"学习型家庭是要家长都当老师吗？要把家当成学校吗？那孩子都不肯回家了。"

"父母没有修过教育学分，辛苦赚钱缴税，就是让学校聘请教师教育孩子。学习型家庭的家长可以领薪水吗？"

从这些带着调侃的响应中，我看到一些认识的误区。多数人将学习等同于"上学"，以现今社会变化之快，现代人如果还将学校当成唯一的学习场所，那只能一辈子待在学校了，而那种偏重灌输和记忆的学习也不容易转化成"带得走的能力"。还好，我们还是傻气地推出了一些研究成果和方案，经过推广教育，很多人试着去接受"学习型家庭"的理念，也都尝到了甘甜的果实。

我相信生活就是学习的主要资源，每天都有很多事情发生在我们身边，我们若让这些事情来来去去，就白白地浪费了学习机会，但是如果能在生活事件中多想一下，说不定就会累积成智慧。

　　邵主编这些年里写了不少文章，每期在《宇宙光杂志》上都看到他笔耕下的良田。他笔下的生活、故事，可能也是我们天天经历的，但是多想一下，就会发现，生活处处是学问，而且到处都有乐趣，值得一再回味。

　　曾听过一个笑话：有个人骑着摩托车去加油站加油，不小心帽子被吹跑了，他一边急着去追帽子，一边跟加油站的工作人员说："麻烦你帮我加油。"工作人员立即拍着双手对他大喊："加油！加油！"

　　在实际生活中，我们应节约汽油，但是在心灵上，我们不妨多多加油，来寻得幸福。因为这种油不会涨价，不造成污染，随时随地可得，加满幸福的油才能永葆青春。

黄亚毓（黄乃毓）

序三

敲开幸福的大门

幸福？不不不，现代的年轻人只在乎"性福"，对幸福早就死心了。

长期以来，我以牧师的身份从事青年关怀工作，发现大家对未来愈来愈悲观，这当然也跟台湾近十年来社会的不稳定有关。40岁以下的人相信短暂的愉悦，觉得那才是最可靠的。缺乏安全感使得年轻人不再存钱，看重享受，迷信名牌，追求性的解放。在整个后现代的思潮中，很多价值观逐渐被解构。

但是，幸福真的不重要吗？或是根本遥不可及吗？事实不然，我自认就是个幸福的人，我所认识的邵主编（这是我们对他的昵称）也是个幸福的人。我们都是小康之家，忙着养儿育女，体力日衰，发鬓日稀，但因为信仰，我们敲开了幸福的大门，无关金钱、地位、成就、名誉。经济不景气也好，恐怖主义威胁全球也好，日子总要过下去，幸福总有诀窍。

邵主编多年来致力文字工作，写专栏、出书，对幸福有自己的坚持与体会，他尤其擅长在生活细节中体会美好，写作风格轻松幽默又有现代感，与读者几乎零距离。同时，在他的文章中还可以读到谦卑与反省，这正是通往幸福的必经之路。

　　"幸福感"是生命存在的重要意义，嘴巴说不在乎天长地久，只在乎此刻拥有，但是偶像剧还是风靡老少，励志丛书依然名列排行榜前茅，可见，人心依然向往幸福门内的欢声笑语。说穿了，幸福不难，只要用心就可以。但是，怎么用心呢？不妨跟着邵主编的文章偷学几招吧！

刘晓亭（刘晓亭）

目录

仁 爱

收起僵硬冷漠的面容，
用满脸的笑意，
让爱在生活中散开；
唤醒彼此的恻隐之心，
用真诚的行动，
让爱进入每个人的心房。

一个好心人

几年前，我和家人到日本东京自助旅行，有次经历令我终生难忘。

那天，我们起了个大早，兴致勃勃地要去参观号称日本园艺首屈一指的根津美术馆。我们跟着地图，搭乘地铁，依着指示前往，心想应该只要再徒步15分钟即可抵达。

但不知是地图有误还是我们方向弄错了，15分钟后仍未找到。不过没关系，路就长在嘴边，只要开口问就行了。于是，一句日语也不会的我们只好用英语向路人问路，没想到这一问反而问出"挫折"来了。

连续问了三位当地人，都不懂英语，难得遇到一位像是发现宝藏似的指着前方，兴奋地对我们说"Policeman, policeman"。原来如此，我们只好找警察求救了。警察先生先找出地图指出我们现在的位置，再指出美术馆的位置，然后笑笑说：

"再走10分钟就到了。"

"10分钟？好，就继续走吧！"

但是我们越走越迷糊，因为越看越不对，都快走到下个区域了。我们只好再问人，谁知，竟没有人知道根津美术馆在哪里。

此时，前方来了位中年的先生，背个背包。我鼓起勇气，拿出地址，希望他知道。还好，他真的知道。不过他不会讲，就示意要我们跟他走。

难道他要带路？不会吧！有这么好心的人吗？在台湾问路的话，不是都随手指一指而已吗？果然，这位先生自己也没去过根津美术馆，但是根据我的地址，他竟然真的帮我挨家挨户地问，一个巷子接着一个巷子地找，我们跟在后面走，都快放弃了，怎么那么远？而更难以置信的是，这位日本先生居然真的带着我们一路走到根津美术馆门口才离去，竟走了近一小时！

这次经历让我对日本人的印象完全改观，他们的"富而好礼"，对游客绝对尊重，而这次经历也提醒我，即使对一个完全不认识的人，也要让对方知道在这儿做客是受欢迎与尊重的。

然而，我不确定台湾是否也能给外国朋友这样的感觉，但至少我相信台湾是有潜力或实力做到的。人人都可以做个好礼的人，一个富裕社会有礼节与风度的人。

史怀哲曾说："除非我们培养一个属于个人的伦理规则，否则就不能尊重生命。而这个伦理规则，包括我们对一切人事的诚实与真实。"他又说："只有在我们发展这种正直后，我们才能够'在这世上感到自在'，才能真正地在世上发挥功效。"

我相信如果日本人可以自诩做个正直、诚实、好礼的人；那么我们一定也可以。

当他人需要帮助时，我是否曾视而不见？

今日，我可以凭借什么具体行动来帮助人或接待人？

仁 爱

小弟弟的笑

　　女儿两岁时，有一次，我带她到台北的新公园（现已改名为"二·二八"纪念公园）玩，也有好一阵子没带她出去蹦蹦跳跳了。"要不要吃冰激凌？我们去吃那种有葡萄干的，好吗？"平常不喜欢孩子吃冷饮的，可是那天自己嘴馋，也想找个伴陪我吃，小丫头是最好的人选。

　　于是，先拐了弯到百货公司的地下街，那儿小吃的摊位多、口味也齐全，趁着妻子要加班的假日，带女儿出来逛逛，颇有为人父的得意。

　　女儿捧着冰激凌，笑容爬满小脸，父女俩满足地往新公园前进，好久没有去那里了。暖暖的下午，懒洋洋的静谧。转个弯进了门，中式的庭园就在近处。"我们去看鱼！"我提议着，小丫头早已跑到池边，不过两眼却不瞧池中的鱼，反而盯着石柱上的大鸟。

　　"那是假的啦！"一个小哥哥对着自己的弟弟说。

　　"飞起来了呀！"弟弟说，"我们去追它。"

　　那鸟的确算大，翅膀抖两下又在池的另一边停下来，一动不动地僵在那儿，活似个木雕像。小丫头也兴致勃勃地跟去，旁边追着跑的两兄弟又吼又叫，想要让鸟飞起来。这大鸟忽而前忽而后，有时飞左有时飞右，兄弟俩追得气喘吁吁，小丫头也看得津津有味。

之后，我正拉着丫头的小手绕池塘走圈，突然不知发生了什么意外，一声凄惨尖利的哭声打破整个公园的安静。我猛一回头，才发现小弟弟头上戴的帽子飘进池塘里了。"糟糕，拿不到了！"小哥哥安慰道，"妈妈不会骂你的，不要哭了！"弟弟一听哭得更大声："我的帽子！"

我赶紧跑过去，在一旁想办法，可是帽子漂在池中，除非游泳过去，或者找根长竹竿去勾，否则只有干着急。小弟弟的哭声也惊动了其他路人。"哇！捡不回来了？算了，别哭啦！"路过的阿姨这么说。

"要是有根长棍子就好了！"小哥哥叹着气。"我们家里有，下次带来帮你们捡好了！"小丫头也试着发挥作用。说真的，我也不甘心，如同那小弟弟一样，毕竟帽子就近在咫尺，应该可以拿得回来，更何况这美丽的池塘里漂浮着一顶白帽子，多奇怪呀！

可是要拿回这顶帽子，难度真高！万一拿不到反而掉进池塘怎么办？"算了，别管闲事了。"我心中突有另一个声音说，"小孩子调皮嘛！受点教训也好。"

但是难道就这么算了吗？而且造成池塘的脏乱也不好呀！我矛盾了一会儿，便试着找树枝或长的木棍，但绕了大半个公园也只找到一根短木枝（总不能折树枝吧）。"难呀，这么短怎么勾得到？"我沮丧着，却别无他法。

一旁的小弟弟那张哭花的脸像是唱评剧的，两眼盯着帽子不肯离开。"就这么捡吧！"我硬着头皮，拿着那根不起眼的短木枝，立时便翻过石柱。我像古时的大侠，左手勾着石柱，右手拿着木枝，双脚抵在石柱边，倾斜着身子伸出木枝去勾。天呀，真够好看的，我要是变成落水狗，也是活该自找的，心里有个声音像在骂自己："谁叫你逞英雄？"

"来阵风吧！"我只好求上帝助我一臂之力了。但春日的午后，风和日丽，哪来的风？难道要我自己吹？正在我急得满头大汗、双腿也快撑不住之际，一道水波涌了过来。"过来啦，过来啦！"我心里大叫，"再来，再来！"好不容易，我终于碰到帽子了。一次、两次、三次，我总算勾起了帽子。"叔叔，谢谢！"小哥哥的连声道谢和弟弟挂满泪痕的笑容，让我忘了双腿的麻木。

回家的路上，我庆幸地想："还好我去捡了，没有丢下不管，否则一定遗憾，也看不到小弟弟的笑了！"

"想做的事，及时做，总比不做要好。"这是我这一次学到的功课。

幸福小秘诀

在生活中，常会碰到许多都是举手之劳的事，其实只要我们动个善念就能做到，何乐而不为？

回复天真

孩童的天真与笑容常常是最容易俘获人心的，作为父母，只要听到那一句拉长了尾音的"爸爸——"，马上就会举手投降。记得小女两岁正是叽哩呱啦学说话、爱说话的时候，我经常折服在她甜腻的嗓音下。特别是她用的一些词或句子超出我的预期，那真令人发噱。

比如她好不容易吃完晚饭，如释重负地说："哎！我终于吃完饭了！"人小鬼大，"终于"二字还真不知她从哪儿学的，用得挺巧。有时候她吵着吃零食，我不依，板着脸说："这是大人吃的！"于是她看看我，恍然大悟地说："这是大人才可以吃，小人不可以吃。"听了也教人好笑。还有更妙的是，有一回我发现她会用"千万"二字：那天，妻切好水果，要她把塑料水果盘端进客厅，结果她一边走一边还对我说："爸爸——你千万不可以打破盘子哦！要慢慢吃——"小孩讲话，通常都有个尾音，格外有韵味，而且居然会用"千万"二字，我甚是纳闷。

看着孩子成长，对于每个父母而言，都是一种惊喜。一下子她会这儿会那儿了，转眼间，她好像又长高了，父母的心成天在孩子身上，有时候甚至不知是孩子黏父母，还是父母黏孩子！

女儿还未满一周岁的那年夏天，她刚会走路不久，我因公到国外出差两周。在以色列的加利利海边，一张可爱、俊美而又天真的脸颊吸引了我，也让我思念起数日不见的咱们家丫头。那副堪称漂亮的面孔，我想应该是个小男生吧，打动了所有东方阿姨、叔叔的心。大家都争着要抱他，要跟他照相。而他则乖乖地任由大家轮流抱，像个模特儿；他的爸妈则在一旁满是得意地笑着。只是，我越瞧着他那张脸，便越发想念丫头。哎！天底下每个孩子都有张勾人的脸，而他的爸妈则是最资深的粉丝，常被他勾得丢了魂。

有一回，我与妻在家主持一个小组聚会，只好请爷爷先带着小丫头去叔叔家。临出门时，小丫头拼命哭，死命抓着她妈妈，哭得好心酸，让人心疼！妻差点心软想抱回来。结果两个小时后，聚会结束，我们打电话找她，小丫头竟若无其事地说："妈妈，我在跟婶婶玩。Bye Bye！"说完立马丢了电话就跑，留下电话这头一脸自作多情的我们。我笑着对妻说："哈！人家根本没想你，你还心疼成那样！"

父母对孩子的爱就是这样！那回在加利利海边，我体会犹深，觉得自己也像个小孩。因为我也有父亲，他赐我呼吸，甚至赐我生命；他带我攀登高山，带我去看大海，让我享受大自然；我跌疼了，他心焦；我受挫时，他担忧；他时刻都在爱着我。我也是这样，在父母的爱护下逐渐成长的。

有父母疼是福气，有父母的爱更美，若我们愿意时刻去体会，相信我们一生都体会不完！

自己与父母有多久没有表达想念、道声谢谢了？

加油高手

　　每回去加油站给车加油时，都觉得那里的加油管很有意思：有几次工作人员忙不过来，我自个儿拿起加油枪塞进车子的油箱里。在加油的过程中，我可以清楚地感觉到从油管中输出的力道，又急又猛。有趣的是，当油箱快要加满时，油枪上的卡榫又会自动停止，预留一些空间让顾客再缓缓加一些，使加油机上的数字凑成整数。

　　当油枪自动停止的那一刹那，我总觉得很特别，就好像遇到一个加油的缓冲点，让油不会加得太猛而溢出来。因为有这样一个缓冲点，油箱可以稍事休息，腾出些空间，然后再继续，便能真正加满。

　　所以，"加油"是需要这样一个缓冲点的。

　　曾经听一位老同学说，他报名参加了一场15公里的马拉松比赛，在最后2公里时，眼看再撑一下就能跑到终点。但是汗流浃背，气喘吁吁，实在累得说不出话，他的脚步开始慢下来，脑海中出现休息的画面，甚至心里有个声音说："够了，撑不下去就别硬撑，还是算了吧。"但就在这时，路两旁的工作人员递过来一杯水，然后说："加油，喝杯水，就快到了！"他突然精神一振，喝了水，立刻又在加油声中迈步前进。比赛结束后，他说："加油真的很重要，如果那时没有人给我加油打气，我大概就跑不下去了！"

我发现适时的加油声，正是一个缓冲点，可以暂停，补充体力、养分，然后再继续！

带女儿去学游泳，我把她往游泳池中一抛，要她憋着气往前游，但我不敢离她太远，等她气不足想停下时，就喊："丫头，加油！"她后来说："我本来快没力气了，可是听到你叫我加油，我就再忍耐一下，就又多划了好几下！"的确，"加油"二字就像是维生素，适时补充需要的营养，让需要加油的人可以再次打起精神。

男孩子当兵受训时，最常听到的也是"加油"二字，但不管班长下达的命令多么困难，任务多么艰巨，或爬或跑时，班长总会适时大喊一声："加油！"这声加油足以让所有受训的男生再生信心，超越体能的负荷！

"加油"真的很重要，我发现这是一句最简单，也最实惠的鼓励。看到同伴累了，拍拍他的肩膀说："加油！"听到孩子抱怨课业时，摸摸他的头说："加油！"得知朋友病了，在卡片上写一句："加油！"每一次适时的加油，都是实惠而有力的帮助！

我们该谢谢所有为我们加油的人，更应做个时时帮人加油的

仁 爱

人。彼此一句"加油"，相信再沮丧的心情也会提振起来。从现在开始，不妨与身边的人互相鼓励，一起来做个加油高手！

有时一句鼓励的话、一个支持的眼神，
就能帮助他人重拾信心。

大地之子

最先，是从一个广播节目中听到刘力学的名字，之后又收到朋友送的书《大地之子》，我才从这本刘力学的传记中，对此人有了更深入的了解。

我从他的书中感受到一股热情、一种对生命的尊重与盼望。他放弃神通计算机公司副总裁的职位，而委身山林，在台湾北部的三芝地区当一名农夫。说实话，我真想对他竖起大拇指。而更令人好奇的是，他作为一个定居台湾的加拿大人，竟对台湾如此钟情，不免令生长在台北的我生发出更多敬意。

也因受到刘力学《大地之子》这本书的感动，一年多前，我的好友曹哥带着家人前往三芝，找到了书中刘力学所称的"坐落在海边的家"。

刘力学利用厨余来种植有机蔬菜，也主动到各地去收厨余，努力多年之后，已渐渐影响各地居民。甚至，现在台北县连垃圾车来收垃圾时，都同时收厨余呢！

他的精神对我们有很深的感召力。好友曹哥还因此购买了当地的房子，与刘力学做了邻居！

刘力学，一个外国人，要在这儿扎根，可以想象有多不容易，而他却身体力行。他让孩子读住家附近的小学，这所小学原来仅有三十多名学生，快被撤销了；他竭力奔走，强调这所学校坐落在好山好水中，称得上是绝佳的森林小学，怎可轻易裁撤？于是，这所小学被他挽救下来，他的孩子也在这看起来偏僻又没什么资源的小学中成长。我常以为有钱人，或在国外有绿卡的人大概会尽量把孩子送进当地的贵族学校就读。但刘力学却没有这样做。

曹哥在三芝买下房子，花了一段时间整修。完工之际，我们前往他的新家参观，除了大房间、大阳台，还有大大的山、大大的海。闲暇时，还可以跟着帆船协会学扬帆呢！

我们随着曹哥信步逛到刘力学的家，一群大学生正在那儿聚餐。刘家门前一大片树林，可随处扎营、烤肉。穿过茂密的树林，继续往前走时，景致豁然开朗，一片海映入眼帘，精神一振，真有一种"柳暗花明又一村"的惊喜。

"我们的有机蔬菜全都可以生吃，而且有甜味。"刘力学的太太对我们说，并介绍有机蔬菜的好处。这时刘力学从外头回来，见到我们，大家于是纷纷对他说："我们是看了你的书才来这儿的！"

"哈哈，一本故事书啦！"他开心地回应，又说："是看了我的书，就搬来这儿住吗？""对！真是如此！"顿时，这句话让彼此更笑成一团。

刘力学的书虽然没有大卖，但他的影响力却在渐渐扩散。我想，这不正是"爱台湾"的榜样吗?

社会愈进步，人们就愈容易忽略大自然的美好。因此，保护环境，实是你我之责。

在苛责之前

多年前，我曾在一个儿童英语补习班上过几堂课。有一回，为了检验学习效果，我进行了单词测验。我知道一定会有孩子紧张，怕准备不够，担心考不好，所以考前多次安抚，要大家别紧张，不过也特别交待："你们知道老师在考试时最讨厌什么，对不对？"一阵童声回答我："偷看别人的答案。"

于是，我打破紧张的气氛，笑笑说："考不好没关系，不会写也别紧张，下次再记熟就好了。但是，只有一个要求，不可以偷看或作小抄。老师会很生气的！"考试时，我居高临下，台下的一切，一目了然，刚才的叮咛，大家也很在乎，没有人敢轻举妄动！我想自己的要求，他们应该都听懂了，也听进去了！

但突然间，我看到一个小学二年级的女生，白白净净的，平常又乖巧又听话，左手正紧握着拳头，考卷上一个字也没写。"怎么回事？"我很纳闷。这小女生长得很讨人喜欢，几乎所有老师都经常夸奖她，但她今天的举动有点反常。

我悄悄走到她身旁，她左手紧握着拳头，头低得不能再低，看得出她很紧张。果然，我发现在她小小的左手拳头里，露出了纸条的一角，她作弊！我顿时决定及时处罚！于是，我把她叫到教室外面，她颤抖地看着我，但我却十分沮丧，因为小学二年级就作弊，这取巧的态度会扭曲她未来的想法，所以我决定打她两下手心，希望她吸取教训。那天下课后，她流着泪回家了。

然而，打完之后，我就后悔了！小女生的手被打了两下，总是会痛的呀！我责怪自己，干吗这么生气，说说就好了，何必打她呢！万一她再不敢来上课，岂不更糟？

下一次上课，小女生果真没来，我自责地打电话询问，是小女生的爸爸接的："老师，很对不起，最近因为她阿妈过世，忙着办一些事，以致没注意她的功课，加上最近学校的功课、考试都很多，所以荒废了英语，我们想让她先休息一阵子。"

我心想真是那两下打手心吓坏了她！我以为自己的原则很清楚，以为我的要求理所当然，打两下手心应该可以让她吸取教训；但却没想到，我自以为的公义却缺少了体谅。我没有先了解她作弊的原因，没有站在她的角度帮她解决困难，我只用了一个大众化的原则——作弊就处罚。但结果呢？我并没有帮助她增强学习的欲望，反而令她更失落，不敢来上课。

这件事始终影响我在今后处理事情的态度：无论自己多么有理，也要顾及对方的难处，多一点体谅，就能少一些气愤，而公义

仁 爱

也才能在"爱与关心"的前提下得到彰显。在维护公义之前，应先学会体谅。

我们是否能不轻易对他人发怒，学会原谅别人呢？

好山、好水、好人

南投埔里大成中学的校舍在"9·21"大地震中成了危楼,其活动中心前的一片石阶成了暂时的物资集中地。

我站在阶梯上,整理着刚送来的一卡车睡袋及棉被,这是台湾人的爱心,来自四面八方,每个人都心疼着,心疼自己的同胞在没水没电的灾区受寒挨饿!刚送来一车,又来一车!这回卡车上不是日用品,而是一麻袋的馒头、包子。"热腾腾,刚出炉的哦!"司机豪爽地说,"从台中清泉岗送来的!"望着成袋的包子、馒头,我们这群工作人员傻眼了。"这不能存放呀,得赶快吃掉才行!"大家异口同声,要想办法立刻将这些吃的送至需要的人手中。

"谁知道路?带我们出车,一庄一庄去送!"负责此处的工作人员张罗着。明天就是中秋节了,本来该是全家团聚的日子,这会儿却是这般景况。一位附近的邻长趋前说:"我带你们去!"两辆车装满了奶粉、馒头、包子、月饼,就这么出发了!

其他几处物资集中地也都如我们这里一样,堆满了物资,无法再容纳其他东西。山路早已阻绝,要再进入偏远之地,确实困难。

我们一个庄接着一个庄地送，居民都不再住在房子里，有田的就在田里打地铺、搭帐篷，有院子的则在院里吃大锅饭，虽然灾难降临，房子不能住人，但若能合家团聚，共渡难关，心中依旧充满温情。

　　"一起吃饭吧！"下午6点，夕阳微微散发着泛红的光，是用餐时刻，乡民留我们吃饭。虽然我们步履匆匆，但看着流着同一血脉的同胞流露出的体恤与关心，我想，受灾的与救灾的在此时此刻都更多了一份亲密！

　　"您对路怎么那么熟？"送完吃食的路上，我问同行的黄邻长，才得知他原本是山难、海难的救难队员，两年前刚退休，这里的山路他早已熟透，对地形地势也了如指掌。

　　"现在退休，还做些什么？"我好奇地问。

　　"现在做农夫，我种的东西跟别人不同，不用农药的高经济作物！"他爽朗地回答，并邀请我们到他田里一游。

　　"这叫黄秋葵，吃起来有点滑滑润润的，有些人很喜欢吃，在台北卖得很贵！"他一根接一根地摘给我们。"现在不洒农药的作物太少了，黄秋葵因为表皮的毛很多，虫不敢吃，所以不洒农药就可以长得很好。"他笑笑说，"不过，要栽培起来，还得靠技术呢！"

　　与黄邻长一席话，深感这儿的物产实在丰富，埔里本就是好山好水之处，这儿山色美、水质佳，来过埔里的人，没有不流连忘返的！如今我再认识黄邻长，想来也是缘分呀！

　　听黄邻长谈及埔里的一切，再看看这儿的山水，我相信总有一天，它会更美，因为台湾人民的智慧不绝、韧性弥坚。虽然地震后当地损失惨重，但台湾人的情与义却永远不减！

地震之后，我更确信台湾有好山、好水，更有好人！

想想我们在生活中是否常常会过于冷漠，对他人的需要视而不见？

仁　爱

喜乐

把忧郁赶走，让快乐充满心房；
将苦闷驱离，使甜蜜随侍身旁；
压力释放，使信心重燃希望；
让重担卸下，由内心做主。

九份的竞争力

接连几个冷气团来袭后，冬天的太阳好不容易抢到一个空档，趁机露个脸。气温上升，云层变薄，不用穿厚重大衣也能上街。于是，我决定和家人趁着暖阳，去台湾北部的九份走一遭！

九份在台湾北部人的心目中，多少也算是一个别有风味的景点。许多人对它的印象总是好吃的九份芋圆，再就是找间茶艺馆，选个靠海的位置，一眼望去，汪洋一片，看着雾气笼罩的海岸线，享受远离尘嚣的宁静。

报上就曾登过这么个笑话，说有人打电话到家附近的红茶店预订4杯烧仙草，并且要求老板每杯都要放九份芋圆，结果半小时后去拿，竟发现老板装了9大杯烧仙草，该顾客正待质疑时，老板说："我听到你说要9份芋圆的！"顾客只好认了，谁叫自己没事先强调九份呢！

可见九份的芋圆是出了名的响亮，可是买生的回家煮，就是和在当地吃的味道不同，原因也许是味道与九份的气氛和特有的景色有关吧！

我与家人穿梭在九份狭小热闹的山城中，原以为不是假日游客会少一点，没有人来跟咱们挤，可以好好享受一段充满古意的悠闲时光。谁知，过了上午11点，游客开始多起来了。我走进一家卖花生糖的店里，老板娘正在推销各种口味的花生糖，突然用闽南话问了我一句："讲闽南话吗？"我点点头，他又问："台湾自己人？"我更狐疑地点点头，这才见她笑笑说："尽量吃，喜欢再买！"

接着，就听她用一口流利的广东话给旁边的客人介绍起店里的产品。

"哇！老板娘，你广东话好流利哦！难怪你生意好！"

"哪里，我还不算好，现在香港团和日本团很多，还有人两种话都流利呢！"我这才发现，原来都是香港观光客，而且至少有4个团，因为整条巷子几乎都是广东话。

更想不到的是，连卖彩色棒棒糖的老板都能说一口流利的广东话。我突然佩服起这群店家老板，因为他们从闽南话转到广东话，竟能转得这么顺，同时也很好奇，如果再转成日本话，会不会舌头打结？

有导游说，现在周末香港团来台北，上午先到九份，晚上去基隆庙口，隔日再去台北"故宫博物院"和台北"中山纪念馆"逛逛，之后就回香港了，这可真是价廉物美又充实的行程。

难怪九份成为观光重点之一，因为住在这儿的生意人也正不断提升自己的竞争力，毕竟若不会说广东话，可能少做很多生意；不懂日语，就不可能把九份的历史说清楚。

我突然对九份有了另一股敬意，因为它潜在的气质正默默鼓励着每个人提升自己、加强竞争力，这股希望之火正熊熊燃烧着。而我也带着被它激励后的信心，开心地回家了。

　　无论做什么事情，多学习，多提升自己，终会让自己立于不败之地。

也是奢侈

有一年，我选了门由陈敏明老师教授的专业摄影课程。在课堂中陈老师不讲相机，不讲镜头，只讲观念。他说相机的使用是基础摄影的部分，要学专业摄影则要有清楚的观念！

我一直不太能体会他所谓的观念是什么，是对相机使用的了解？是对美的诠释？是对摄影画面的感动，还是对摄影技术的钻研与突破？

我想，这应该都属专业摄影的范畴吧！

但当他讲到光学镜片的制作、光线与颜色的变化、台湾风景的美，甚至日本摄影大师白川义员的作品《南极风光》时，我才惊觉，原来陈老师强调的观念，其实就是对摄影的热情！

热情是解决所有困难的一把钥匙，会让人拼尽全力埋头其中，而由这份精神所呈现出的作品，才会带给人深深的感动！

从那时开始，我发现摄影这门学问一旦钻研进去，可得要知天文地理才成。仅仅"光"的三原色就已是好长的话题，延伸到色彩、光线，乃至光圈的使用；甚至薄薄一面镜片也可将我引入对透明玻璃的制造技术的学习。原来摄影这玩意儿，确实简单，也确实深奥。

4月，是日本樱花盛开的季节。樱花有多少种？陈老师在课堂上问起，没有人能答得出来。樱花就是樱花，在台湾阿里山上能见到的花种，不就是两三种吗？

"两百多种！"陈老师夸张地说，"你很难想象满山遍野两百多种樱花齐放的壮观景象，对大自然的赞叹从心底涌出！"

陈老师有个计划，希望有一天能做出一本樱花图鉴。用专业的摄影技术，搭配群樱飞舞之姿，让全世界的人都能欣赏樱花的美！日本人爱樱花是真的成痴了！和服上刺绣有樱花、领带花色有樱花，居家住处有樱花，甚至寿司也做得像樱花，真让人舍不得吃了！日本人的生活中几乎都有樱花，也难怪他们对樱花的痴会感动老师拍成专册。

但说归说，要赶在4月花开盛季出国一趟，还真要天时地利人和才行。陈老师从前一年4月盼到第二年4月，一生能有几个4月？在课堂上听他说樱花谈樱花，未见其景已经相当吸引人了，如果他真能成行，那我们岂不是可分享他的樱花之旅？

终于，那一年的春假期间得以成行，虽然月初只开了一百多种樱花，但他说够了够了。四天三夜的时间，他饱尝了寻樱花、赏樱花、拍樱花的辛苦，但当他把一张张幻灯片展示在课堂上时，一脸的欣喜以及夙愿得偿的满足，真是让我们快活了整整两小时。

摄影的迷人之处应该就在这里吧！把4月这个季节中某国某处的某物，通过摄影留下，化短暂的4月为永恒；跨时空之限，寻找知音，让画面上的感动，一张一张传递出去！是日本人对樱花的痴迷感动了陈老师，也是陈老师对摄影的执着，将樱花的美姿一一拍摄了下来。而我则怀着欣赏与受教的心情，享受着这一刻的幸福。

白幕上放映出的一张张幻灯片中，樱花大剌剌地绽放在眼前。有情侣在树下相拥，有全家人在河上乘船，也有小型犬在草地上打滚，而这些画面中竟都有樱花瓣如雪花纷飞。

美，在看到的一刹那，是不需要言语的，只有深深的感动。我惊叹于上天的造化，更为自己能见这样的美景而感到庆幸。

摄影这门课，使我一窥摄影专业的奥妙，我得到的不仅是专业上的学习，更有许多体会。是热忱！是傻劲！或是一种痴，一种美！我大大惊讶，原来能留住美也是一种奢侈呀！

生活中还有何处可见到大自然的创造之美？
深吸一口气！奇妙的创造就在你的周围。

回忆也是充电

有一天夜里，我忙于整理书房，有些饿了，就冲了碗泡面当宵夜。我向来少有睡前吃东西的习惯，但那天大概想充充饥，所以方便省事的泡面便成为首选。女儿闻香而来，立刻凑上前，抢了两三口去。我突然想到报上一篇文章，讲的就是泡面，说面汤就是要趁热喝，就是要这个味，而且煮的和泡的面条就是不同。那篇文章写尽了泡面之所以掳获人心历久不衰的原因，但对我而言，那却是勾起许多回忆的源头。

吃泡面，从小爸妈就告诫我有防腐剂，要少吃。但当面汤香味一阵阵飘来时，肚皮已经开始打鼓了。印象最深的是我在政治作战学校学习期间，半夜要起来站岗。1月的深夜里，想想都知道半夜起床是件多么痛苦的事，北投的山风更是吹得人直打哆嗦。因此为了增加些暖意，大家都挺有默契地提早10分钟起床，第一件事就是拿起不锈钢杯泡碗面，然后"唏哩呼噜"吞下肚，不仅暖了身子，也有体力站一轮岗。如今每回吃泡面，我总会想起曾经全副武装吃泡面的情景，那日子我竟也经历过了！

喜 乐

所以，整理书房那天，泡面陪了我大半夜，我也在书房中重整心灵，这才发现，在夜深人静时，把该整理的书、该归类的卷夹、该防潮的影带一一定位，还真是个难得的充电时刻。

先是整理录影带时，看到一段女儿5岁时弹琴的画面，当时为了要录一首她刚练好的曲子，竟边录边督促，还说她这儿弹得不好，那儿又弹错了，结果拍摄到最后，一件原本令人高兴的事，竟被我掺了一把鼻涕一把眼泪进去。现在再看这段影像，心想：自己当时是不是太严厉了？

又看到几年前去德国的笔记本与摄影画面，从开始上网订房、规划路线、买火车票等，到后来在德国一站一站搭车、找景点……哇！一句德语都不懂的我们，竟然就这样从都市走到山巅，看到向往已久的新天鹅堡，并在奥伯阿玛高买回好些个木刻小饰品。回想那段旅程，我心里不免怀疑，当时的胆子还真不小，就这样闯入德国，硬生生带回一堆难忘的经历。

女儿10岁时，妻怀第二胎即将临盆，我们又把10年前女儿睡的床、穿的衣服、玩具和蚊帐，一一拿出来，很多回忆又陆续浮现在眼前。很难想象，10年后，我再一次当奶爸。许多事需要复习，许多事也让自己再次成长，这些过往的经历，历历在目，有趣又让我欣慰。

每当回忆跑到脑海时，我总会想起白居易那句诗：

忽闻水上琵琶声，主人忘归客不发。

有很多时候，回忆就像"忽闻"一样刹那间跑入脑海，让人在回忆中，再一次享受温馨。我突然有个念头，白居易这首《琵琶行》挺好的，应该要让女儿背一背，不对，所有的孩子都应该来背一背。

　　在过往的岁月中，不论是快乐或难过的事，细数其中的点滴，才发现原来都有上天的美意在当中。

有一种满足

　　我坐在快餐店的落地窗前，喝着续杯的咖啡写稿，透明的玻璃可以让我看见外面的人、外面的事、外面的阳光，心情顿时一阵轻松，这种感觉似乎不常有，令我有一种满足感！

　　好友小杨最近正发愤图强，辞去工作，准备参加明年的代书考试。"要考7科，而且有几科是自己从来没读过的！"他夸张地说，"不过，好久没有这样读书了，有一种说不出的满足。"

　　我的满足与小杨的满足或许情境不同，但感受却异曲同工，然而比起女儿3岁时的满足，又有些不一样。

　　一天带她去汉堡店，她吵着去溜滑梯。"先吃饱再去玩。"我必须先和她讲定，免得她玩疯了！

　　"那我先吃一口，就要去玩哦！"她的小手比出"1"字，在我眼前肯定地晃着，像签订什么谈判条约。

　　"不行！"我依旧坚持。

　　既然谈判不成，她只得乖乖坐着把汉堡吃完，半小时后，像是大功告成，她大叫一声："我可以去玩了！"然后用叮咛的口吻对我说："爸爸，你帮我看好我的果汁喔，我去玩一下就回来！"才讲完，人就闯进那小头攒动的玩具屋里。

果然，她很守信用，溜了几趟滑梯回来后，她大喝一口果汁，然后很得意地对我说："我好满足哦！"原来这是她的满足，一脸的大人表情！

"满足的感觉"真是在不同年龄、不同阶段，甚至不同情境下，不期然就窜了出来！有时候刻意想用金钱去买都买不到！朋友小杨虽然现在正陷在书堆中，但是周六清晨仍保持着与我相约爬山的习惯。其实也不是什么高山，只是可以让我们爬爬石阶健行登高望远的一个山丘，来回一个多小时，不致太累，但也足可汗湿全身。有一回下了山，我们汗流浃背地走进烧饼店吃早点，他说："这家店的烧饼越吃越好吃，是不是我们肚子太饿了？有一种满足感！"我笑答："不是现在才饿，是在山上就已经饥肠辘辘，直到现在才满足你的胃，所以越吃越好吃！"

可见，拥有满足并不难！当心里踏实地进行一件事或完成一件事时，"满足"就跑出来了！但若说不难，有时却又不是这么回事，至少在压力之下就不太容易得到满足。

"所以，'满足'还是要付出某些代价，算是一种自我超越的成就感吧！"小杨说出像结论又不像结论颇富哲理的话，"读书虽然有一种满足感，可是明年要是没考上，那就不满足了！"

"不过，你还是有收获啦！"我也开始哲学味十足，"毕竟你读了7个科目，如果你不参加这个考试，怎么可能去读？有读就有收获，就会有知识。"

"你是说像我们爬山一样？不在于这一趟流了多少汗，爬了多高的山，或是瘦了几公斤，而在于我们坚持要运动的这个想法，而且能保持每日爬山的习惯。"

"持续本来就是最难的功课。"我挑战道，"要是你能持续地读下去，明年一定考得上！"

"那我不是更满足了？"他大口喝着冰豆浆，似笑非笑地反问着。

"对呀！保证你更满足！"我也回他一笑。

"对啦！能持续就不容易了。"

过了半晌，他像是被我激励了，突然肯定地说：

"好！我们再去满足一下！"

"干吗？"

"再爬一次山，走吧！"

"啊——"我嘴巴张得好大，不知该怎么接下去……

满足充满于心中，喜乐便会涌流出来；
唯有心灵获得满足，生命才会更有意义。

我的萝卜丝饼

有一天，我心血来潮想做萝卜丝饼当晚餐，趁着家人不在家，于是厨房就是我的天下，便做了起来！

去超级市场买了两包中筋面粉，外加两个白萝卜，没想到50元台币都不到，回到家开始兴奋起来，好像小学生做科学实验一样。

我把香菇、开洋（虾米）从冰箱里取出来，一一泡水软化，然后就开始刨萝卜丝；过去用萝卜煮排骨汤，不大感觉得出萝卜老的部分，这会儿刨萝卜丝才知道，那老的地方有点像塑料，咬都咬不断，要一层又一层地刨掉，直刨到白嫩之处，才够清爽滑嫩。

萝卜刨好，接着和面。这也没多大学问，只不过手脚得利落点。做生意的人都用热水和面，因为热水可以把面粉烫个半熟，等下锅时，就不用煎太久，否则客人可等不及。不过听说用热水和面团做出的饼，吃起来口感比较软，所以我也用热水和起面团来。

面团要好吃，当然离不开一个"揉"字，一揉二揉，翻个面再揉，活像是小学生玩黏土。有人会在面团中加些发酵粉，吃起来比较松软，不过我不是做馒头、包子，只是煎饼就可以不用。

一大块面团放在碗里，得让它醒个半小时，趁此刻来切香菇，剁开洋。自己家吃的饼，内容可以考究些，就像老人家讲的"外头卖的萝卜丝饼，哪吃得到香菇呀"。萝卜丝拌盐腌过后，放一下再挤掉水分，之后加入香菇、开洋搅拌，便可开始包饼。将面团切成如鸡蛋般大的块状，用擀面杖将它擀成圆形，然后将适量的料，放进面皮里裹好，再轻压成扁圆形，就可以放进锅里煎了。

我一手包饼，一手煎饼，没几分钟就香气四溢，等家人陆续回来，我已大功告成，一桌的饼美美地等在那儿招手，而且还有一锅排骨汤在厨房熬着，我对于自己这心血来潮之举，心底真是得意非常。

接下来就是品尝大会了，身为大厨的我，当然先尝第一口，"嗯——"，先做一个日本饮食节目中那些来宾的表情，双眼紧闭，一副口中的滋味震撼全身的幸福模样！的确，味道不错，再吃几口，真是满意极了！

于是，家人各拿几块大吃起来……咦，有点怪，怎么口中有渣渣？这才知道，萝卜的老结没弄干净，每咬两口就感觉有些"塑料"在里面，哎呀，真是美中不足！

原本是件令家人满意的事，却因为这小小的瑕疵破坏了兴致，心里总想着："要是萝卜多刨两下就不会这样了；要是事先试吃一下也可以察觉！要是……"

不过，一回生二回熟，"要是……"是我们常会犯的毛病，但却绝对有正面的意义，因为下回我做萝卜丝饼，一定不会再犯同样的错，而且保证好吃！

人生不如意之事十之八九，可别轻易就皱起眉头，得个教训，再试一次！

和鱼儿一块儿泡澡

现代人喜欢泡澡，注重养生，也喜欢搞浪漫，所以泡澡时放些玫瑰花瓣，加些香精油，让自己全身放松，疲劳尽除。但是绝没有人会泡冷水澡时，还放几条金鱼，加些贝壳，再弄副蛙镜，和鱼儿一块儿泡澡吧？若真有人如此，一定令人瞪大眼、半晌说不出话来。

但暑假来临的第一个周末，我还真有一次和鱼儿一块儿"泡澡"的经历，只不过这会儿泡的不是家中的澡盆，而是鱼儿的泳池。在基隆龙洞湾里，天然的海水池，我们一家戴着蛙镜，沉浸在咸咸的海水里。哇！从蛙镜看出去的世界，真令人兴奋又着迷。

先是十余条黄黑色条纹的热带鱼从我脚边游过，我还来不及看清楚，又有两条手掌般大的鱼从正前方游过，这第一眼的相遇，让我兴奋得起身大叫："好多鱼哦！"然后又自顾潜下水去，旁边又来了三条一大两小的小丑鱼，翠绿的颜色，简直像是玻璃做的，随着光线不同的折射，鱼身反射出艳丽的色彩。

同行的朋友稍事休息，起身说："何必到泰国、印度尼西亚去，在这里浮潜舒服得很，而且离家近，花费也低。"

经他这么一说，我突然觉得不再看看鱼，似乎有点对不起这美丽的海景，于是又继续漂浮在水面上，和鱼儿一块儿游泳，任它们或左或右在我身边悠游。

平常在家里望着鱼缸里的鱼，有种身处两个世界的距离感，它在水中的世界，是我无法共享的，只能隔着玻璃欣赏鱼儿的一举一动；但这会儿我和鱼儿却同在一处。我想，这海不就好像是老天爷家中养的鱼缸吗？而我这会儿和鱼儿一块儿游，那老天爷若正巧在鱼缸旁欣赏鱼儿，岂不也看到了我？哈，这一番有趣的思考与推论，让我在海水中整个人都轻松起来。

突然间，我惊喜地发现有针鱼。以前曾在家中鱼缸里养过一种针鱼，细细长长像根牙签，在缸里游来游去，十分有意思。但眼前在海里，我竟看到一条大针鱼，至少30厘米长，旁边还跟了条小的，仿佛两根针静止不动地停在我的胸前，我直盯着那条大针鱼瞧，越看越有趣，想用手碰碰它。可是哪有这么容易，它瞬间就溜到右边，我跟着它游了一小段，它又窜到了左边，有意思，我竟然和鱼儿玩起了捉迷藏。原本以为有这么多人在这儿浮潜，脚下的鱼儿岂不被打扰，而且鱼会不会被人踩到呀？但这愚蠢的想法立刻就被鱼群们敏捷的身手给推翻了。这是鱼儿的地盘，我们岂是它们的对手？

我静静地漂浮在海面上，借着一根管子大口呼吸着，目不转睛地盯着忽左忽右的鱼群，有人带了面包来，竟就在水里喂起小鱼来，一群鱼围在身边，真令人兴奋！

我才发现，虽是两个不同的世界，生物与生物之间，仍可以建

喜 乐

立起友谊，而且鱼儿才不管你是政府高官，还是平民百姓，只要来到这儿"泡澡"，绝对一视同仁，谁都可以欣赏到它们的美姿，而且，它保证绝不会挑剔你的美丑，或是跟你打官腔呢！

　　每个人都各有优点、各有所长。

　　若每个人都懂得谦让、尊重他人，社会必然祥和安定。

美丽收藏

"蒋夫人的纪念邮票限量发行,许多民众连夜排队抢购,今晨各地邮局不到10点已销售一空。"电视上播报着这则新闻,让许多没买到或没去买邮票的民众皆为之扼腕,大叹可惜,而我正是其中之一。

但这则新闻也促使我冲进书房,找出幼时的集邮册,寻找当年蒋夫人水墨画的踪影。"没错,就是这套邮票。"我得意地对家人说,并拿出来给大家欣赏。

蒋夫人画的扇画,对于当时年仅十来岁的我而言,并不懂得欣赏,只知那是邮票,而且是蒋夫人画的,甚至跟着同学们做起了天方夜谭般的发财梦,幻想着将来会多么值钱,想来也是幼稚,一套二十元左右的邮票,就算增值一百倍,现在也不过二千元,实在离"发财"二字有点遥远。

不过,集邮这件事和蒋宋美龄这个人,倒是和我有些关系,这关系就在邮票的方寸之中。小时候对蒋夫人的印象似远而近,远是因为她是官,我是民;但近,则因她是基督徒,而我从小也是;而且，她画的扇画，还出现在我的邮票中。

那是一种说不出的亲切感，尤其父亲的乡音和她一样，从小听惯了吴侬软语，吃惯了江南小菜，现在又得见她的扇画，岂不亲切？每每翻阅那本集邮册，总忍不住在那扇画上多停留片刻。

我发现收藏自己喜欢的东西，其乐趣就在于欣赏时加了些年代、添了些回忆，甚至增加了价值；所以有人搜集古币，有人收藏雅石，有人喜欢卡通饰品，有人喜欢水墨字画；学文学的喜欢收藏书籍，学音乐的钟爱音符……这些都让自己的生活多了点情调。

有一次去南京旅游，看到大大小小的端砚在专卖店展售，忍不住动了心，想收集一个。一来喜欢书法，平时也爱写，二来是因它有中国四大名砚之一的美名，奇特的砚眼加上精工的雕琢，的确是上品。但考虑了半天还是作罢，毕竟实在太重了，不好携带。但回到家来，每每写字时，却又偶叹可惜，总想要是买回一个该多好！不过，好砚台湾也有，彰化二水的螺溪砚就闻名遐迩，或许有一天该为此走一遭。

这样的心情，不也正是收藏的乐趣之一？蒋夫人的扇画中，透露出另一种雅趣，有山水的清幽，也有竹林的深谧，但应该也藏有夫人作画时的心情吧！是开心？是笃定？或者夫人也想把眼前的山水收藏进她的画里，有着迫不及待的心情。而我却有这样的荣幸，收藏了这份心情。

收藏的乐趣，是现代人遗忘已久的余兴；忙完了，累了，沮丧了，寂寞了，甚至病了，何妨重拾收藏之趣，或许就会发现，这世间美丽的事物真是无限。

生活中的许多乐趣都可怡情养性；
别让忙碌成为借口，忽略了生活的乐趣。

喜 乐

和 平

生气怒骂，不如好言相劝；
冷战忌恨，不如开诚布公。
放开心胸，化干戈为玉帛；
以和为贵，齐心再造佳绩。

不服输

有一次，学校师生聚餐的席间，一位同学开口问老师："教授，您平常这么忙，有时间运动吗？""有啊！我的运动和年轻人很相似。"教授随口说道，"我每个星期六都去溜直排轮！"

"真的？"同学们个个睁大了眼睛！"教授，您怎么会选择这项运动？"

"三个字，猜猜看！"教授神秘兮兮，得意地说。

同学们一时间不知该如何应对。

"第一个字是'不'！"教授终于提供了线索。

"不——不服老！"一个年轻女学生脱口而出。许多人口中含着食物，忍不住要喷出来。"好大胆，敢说教授老！"大伙儿心里这么想。

只见教授涨红了脸，勉强挤出些笑容说："是不服输！"

哈！"不服老"与"不服输"，虽是一字之差，却完全扭转局势！显然一场硬仗的较量，如溜直排轮，并不是年龄的问题，而是志气的问题。年纪虽"老"，但总可以不服"输"吧！

我喜欢教授回答的这三个字，虽然教授常常训斥学生，考试分数也算得极严，有的学生当时甚至见到他都会手脚发抖，但是他说起溜直排轮，便生龙活虎起来，"求学问也要有这股精神！"他严肃地说。

或许就是这"不服输"三个字，推动许多人开始人生不同阶段的挑战，开创人生的第二春、第三春、第四春！

生命中的挑战甚多，或许只有"不服输"才敢接受那些挑战吧？画家达·芬奇不正是如此？不仅在艺术方面成就非凡，就连工程、机械等方面也都令人叹为观止！

但是，我相信在这些过程中常常是辛苦多于甘甜！就像溜直排轮：看别人溜，轻松得很，轻轻一踏就顺势而出，还可以倒退、跳跃，甚至转圈，真是轻松自在。但是怎么直排轮鞋穿在自己的脚上，就变得不听使唤？不仅双腿僵硬，而且没溜几步便满头大汗，不时还怕被人撞倒。这当中练习的辛苦与害怕，不是旁人所能体会的，而且有太多时候会苦累得想放弃吧？

练琴如此，学舞如此，求学问读书如此，工作更是如此！这当中的焦虑、苦闷，真是苦啊！

但是，不就因为不服输，所以才有机会走向成功吗？而不服老，也才能再次享受年轻的滋味呀！

幸福小秘诀

有哪些事是自己一直想做却迟迟未开始的？
不如现在就开始，加油！

明成祖的眼光

电视探索频道（Discovery）播出郑和下西洋的节目，内容详尽中肯，令我大开眼界！

原来郑和下西洋是有原因的，早在明朝之前，元朝开创了一个伟大的版图，半个地球的国家都被蒙古军征服，且让世界各地进贡纳税，元朝皇帝的浩瀚天威，令世界各国慑服。所以当元朝被推翻，政权重新落入汉人手中时，明成祖独排众议，决定派人走水路至世界各国宣扬国威，旨在告诉各国："大中国已经又回到汉人手中，蒙古军已经被推翻了！"所以明成祖向郑和交代，为大明完成宣威的使命。

令人惊讶的是，当时造了三艘超级大船及千艘中型船。所谓超级大船有多大呢？据报道说，比现在世界最大的英国航空母舰还大，这三艘船来到各国港口，无不令各国目瞪口呆。而那千艘中型船也都与后来哥伦布发现新大陆时用的船差不多，可见当时在海面上密密麻麻的船只，多么令人咋舌，场面多么壮观！

郑和下西洋，总得带些特别的纪念品回来，他们在非洲见到了长颈鹿，觉得那很像中国神话传说中的麒麟，就把这神奇的动物带回来献给皇帝，象征吉兆。结果皇帝还因此吓了一跳，第三天才敢接受呢！

这一趟海洋之旅，不仅把明朝的国力推到顶端，同时也说明了明朝的强盛。当然，当时中国的许多发明也被传到了西方。明成祖受到元朝征服世界雄心壮志的影响，却也被国内崇尚儒道的读书人所牵制，尤其蒙古人退出长城之后，仍不时伺机进犯，因此读书人建议：“先修长城比较重要，郑和下西洋花那么多钱造船，又耗费那么多人力、物力，国家修长城的经费都不够了！”

就在这样的情况下，郑和下西洋时的船就弃置在港外，任其经受风吹雨打、木朽物烂。而各国商人想来中国做点贸易，也都被一一拒绝。

然而，也在此时，西方人将郑和下西洋时所传过去的先进发明，如大炮、独轮车、指南针、造船等技术，一一发扬光大，哥伦布也就是在这样的情况下航行大海，最后发现新大陆。

最令人懊丧的是，后来鸦片战争西方列强船坚炮利，攻打中国所使用的船，就是借鉴郑和传过去的造船技术而造的。

历史学家说，如果明朝皇帝继续发展海洋事业，那么可能发现新大陆的人就是郑和而不是哥伦布了。

历史学家也说，如果中国人发展海洋事业而不闭关自守，那可能早就和世界各国通商，就不会有鸦片战争了，而就算有战争，中国人也很可能不会输。

以历史的眼光来看事情，我们常会有许多感叹，觉得那是个教训，更是个提醒，但偏偏许多时候，我们目光短浅，自傲自大，所以会导致后续的发展产生偏差。

开创一项事业、从事一件工作，乃至经营管理一个团体，都不是一件容易的事，唯有把眼光放远，心胸才会开阔。

我们看事情的眼光是否长远？

雨衣和雨伞的对话

雨衣好还是雨伞好？有一回在滂沱大雨中，突然冒出这样的疑问，顿时好些个有趣的答案浮出来。

"当然是雨衣好，因为穿雨衣不怕风大，整件雨衣裹在身上，不怕被吹走，且一滴雨也溅不到身上；看看那些撑伞的，真够可怜的，风一吹，漂亮的伞立时往外一翻，连伞骨都泄了底，然后全身淋成落汤鸡，雨伞还得换把新的。"

"才不呢！当然是雨伞好。嫌雨大时，就叫辆出租车或搭公交车呀！伞一收就上了车，躲进车里丝毫不用担心。但若穿着雨衣，能上车吗？全身湿答答的，雨水沾到别人身上，不惹来白眼才怪。再说，穿了雨衣之后，脱下来又是一个麻烦，搁哪儿呢？没有衣架就只能随手一折，这湿漉漉的雨衣会干吗？待会儿铁定只能再穿这身湿雨衣出门。"

"哈！才不是呢！穿雨衣多自在呀！如果背着皮包，躲在雨衣里，一点都不用担心淋湿，背包里的重要文件，也绝不会有浸湿之虞。如果要去开个重要的会，雨衣保护你全身上下，不会有湿了半截的窘况。撑着雨伞走在路上就不同了，你挤我、我撞你，彼此的雨伞碰来碰去，既占空间，雨滴又趁隙攻进来，多难受呀！"

"嘿，我说你还真是穷人家的命，穿件雨衣走在路上，哪有撑雨伞优雅呀？而且咱这把雨伞，花色特别，造型突出，还是名牌呢！你看街上有谁穿雨衣还比品牌的？我们撑这把名牌伞去谈生意，多半无往不利。"

"笑话，我是穷人家的命？也不似阁下这般暴发户。怎么着？打伞就美吗？雨大风大时，照样把你淋成个落汤鸡。而且穿雨衣的机动性比你强，我能穿着雨衣骑车，你行吗？有人一手撑伞、一手骑车，还慢条斯理、自觉优雅吗？心里不哭才怪！大雨滂沱之下，马路上塞满了车，只有穿雨衣骑摩托车才可以从车缝里穿行，不必看着手表干着急。"

"是呀，骑摩托车的机动性是比较快，只可惜您得有乘风破浪的精神，那豆点般大的雨，一滴滴敲在您身上，再加上骑车上路，雨水如海浪般袭打而来，您别说自己是在骑车了，我当您是在滑水呢？这时，万一视线不清，不定什么时候撞上车，或被他人撞一下，咳，那才倒霉呢，是不是？"

"嗯！想想也是！是雨伞好，我们雨衣穿上了身，要脱下还真麻烦，不说用拉链、扣子，就是从头往身上套，还真是件麻烦事，你们雨伞多方便，一收就得了！"

"也不是这么说啦！雨衣的优点其实也强过雨伞甚多，像上回去健行郊游，穿雨衣的走得就快，撑雨伞的不仅淋湿半身，还玩兴大减，真是没趣。"

"不，是雨伞好，我认输了。"

"哪儿的话，雨衣好，我给您赔不是。"

⋯⋯⋯⋯⋯

世间事不都是这样，一体两面，左看合理，右看也得体，有什么好争呢？各位看官，您说是不？

宽容，足以改变对立的态度。

乌龙与乌贼

不晓得自己是不是在梦中？但是我却见到许多乌龙与乌贼！

乌龙个性直爽，好管闲事，但往往一件原本稀松平常的事经过乌龙的手，就变成烫手山芋。乌龙也有火热心肠，喜欢帮助人，然而不妙的是，乌龙总是越帮越忙。

乌龙也爱强出头，大概自以为是龙，所以好为人师、打抱不平、仗义执言，尤其当乌龙现身时，总爱带着乌贼一起表演，乌龙大骂对方一句，乌贼就往对方身上喷一次墨，大骂两句，就喷它全身黑；乌龙特别喜欢与乌贼一块儿搭档，一搭一唱，好不开心！

不久，大家才知原来乌龙和乌贼是兄弟，虽然一个是龙、一个是贼，但是龙站在明处说好听话，贼隐身在暗处，尽干些坏事、扯人后腿。不知不觉中，乌龙与乌贼也创造了一番自己的势力！

但是万一乌龙出师不利，被人逮个正着，为了挽回颓势，就派乌贼先发制人，喷人一身墨，抹黑对方，然后乌龙反咬一口，立刻再现生机。

这乌龙与乌贼在咱们这个社会，已经出没许久了，但老是逮不着他们，所以总是让咱们的天空乌云密布，也让咱们的空气里充斥着乌烟瘴气！

"为什么乌龙这么多？"我在梦中惊讶地问，"这乌龙难道打不死？灭不尽！"

我才问完，突然眼前一片黑烟弥漫，"糟糕！"我心一惊，"是乌贼来了！"

"好小子，你敢管乌龙的事，看我喷你一身黑！"乌贼再次使出浑身解数，让我置身于黑暗中。"死乌贼，我又没犯着你！"乌贼突然一阵狂笑，"殊不知乌龙的事就是我的事！你难道不知道，乌龙之所以这么多，还不是你们人类养的！既然养了乌龙，却又想灭掉它，谈何容易，我先喷你一身黑再说。"

乌贼使尽全身气力，朝我脑门"轰"的一声，像一团黑云，又像一个黑色的雪球，排山倒海般迎面而来。这下惨了，若被这团黑黏上，我岂不变成非洲黑人，三十六计，先逃为妙。但前途茫茫，后有追兵，只好丢下一句："死乌贼，你再追，我就找乌龙来！"

话才说完，身后的黑影突然渐渐淡了，乌贼竟不再追了，只听见一句小小的战抖的声音说："你，你，你！也认识乌龙呀？"我突然发现自己随口的一句乌龙话，竟吓住了乌贼，"当然认识，你不是说，乌龙是我们人类养的，所以我当然也养了不少乌龙！"

"那么你承认自己也常会像乌龙一样，惹出些乌龙事。"乌贼问。

我挠挠头，不好意思地说："难免啦，总会在粗心大意下，不小心干些乌龙事。"

"嗯！承认就好，诚实是最好的政策，既然承认自己也会乌龙，我就不喷黑你。"

"但是你也不能任意抹黑人，万一冤枉好人怎么办？"我突然义正辞严。

"哈，你还敢管我，不过算你厉害，伶牙俐齿。好吧，我就告诉你这个秘密吧，其实乌龙和我乌贼是一体的，乌龙就是乌贼，乌贼也是乌龙，如果我抹黑冤枉好人，那就算是乌龙事一件吧！所以有乌龙就有乌贼，这下你懂了吧！哈哈哈哈！"

乌贼扬长而去，我这才大梦初醒，原来我当乌龙时，我也同时变成乌贼了！

勇于认错、承担责任，是不容易的，但却是我们该学习的功课。

情绪很多，真理很少

听一位音乐老师谈起，现在的流行音乐很容易让人上瘾，并且用了"情绪很多，真理很少"8个字做结论，这说法让我对生活中许多事都有相同的联想。

"情绪很多，真理很少！"在一首流行歌曲里，它强烈的节奏会带动情绪，它哀伤的曲调会触动情绪，它陈述的歌词会煽动情绪；一首歌里，的确有很多情绪！但细读几首目前很红的歌词，不是似是而非的论调，便是劝你"叛逆"一回！若要细究，果然情绪很多，但要找到堪称"美善"的词还真难！

"情绪很多，真理很少"的事，又岂只在流行歌曲中出现？劳资双方在工作场所，为薪资待遇，为工作绩效，争得面红耳赤，但争执的过程中，也是情绪多过真理！

可见情绪常常跑在真理前面，在状况未明前，情绪总会率先发难。

前几天下班回到家，咱们家丫头已洗好澡，我随即冲着她开玩笑说："爸爸用你洗过澡的水洗手，细菌就会跑到水里面去啰！"

原以为只是开玩笑的一句话，岂料她竟大哭起来！"你每次都这样，我还要泡在里面耶！"然后就一阵呼天抢地！天呀，我犯了什么滔天大罪？我只不过洗洗手啊！而且是第一次用她的洗澡水洗的！

原来我们从小就习惯把情绪放在真理前面，丫头的情绪是：捣蛋的爸爸把脏手放进她的洗澡水中，心有不爽就大哭发难，但真理呢，还真少得可怜，因为不是"每次"，而是第一次！

当我们习惯先用情绪处理问题时，往往真理就被忽略了。报上登载一则车祸新闻，提到在十字路口转弯处，直行车突然遭一辆右转车拦腰撞上，幸亏速度不快，没有人员伤亡。但是被撞的一方原本有理，却把"理"字放一边，一下车便揪着对方的衣服猛捶几拳，一场街头打架事件硬生生上演，最后闹到警局，先出手打人的这方，反而还得赔偿医药费。这场打架事件，不正是情绪跑在真理前面的后果？

流行歌曲中放了很多情绪，却不知这样的情绪正一天24小时不断地影响着我们。有一次听一位年轻朋友说："现在没有鼓声的音乐，还真听不下去！"我不知是否年轻人都有这样的想法，但可以确定的是，音乐不应只是撩动情绪而已。

听音乐是件好事，但是听什么音乐却大有分别，我想"平衡"应是选择音乐的标准，既听流行乐，也听古典乐，甚至是高唱诗歌。让好的音乐环绕在我们的生活当中，学习让真理走在情绪的前面，做情绪的管理者、真理的传扬者。

　　既然生活中的大小事都会受到情绪的影响，那就学习做情绪的主人，而不是它的仆人。

清清刮胡刀！

清理电动刮胡刀是所有男士必要的功课，除非满脸白净的男生看不见脸上分布不均的黑色"麦草"，否则一般男士鲜有不刮胡子的！

有句广告词说："要'刮'别人之前，先把自己的胡子刮干净。"挺有意思的一句话，但却与古时候相反。古时候的人认为"嘴上无毛，办事不牢"，所以谁没事还刮胡子？有胡子才显得出能力、地位，因此要"刮"部下者，必须有胡子；现代人则恰恰相反，有胡子不刮显得邋遢、颓废，还想要"刮"别人，门儿都没有！

要刮胡子就必须多清清刮胡刀。否则刀片生锈、细菌滋生，下回再刮脸时，保证黑胡子变红胡子，不青春也长青春痘。

但是说起清理刮胡刀，实在不是一件容易的事，一般刮胡刀片还好，电动刮胡刀学问挺大。当兵时，曾见到军中一位朋友，清刀片时用酒精消毒，不仅刷子要干净，刀片的正面背面、夹缝处也都不会放过，每一个死角都必须顾到；而且就好像在大雪山找老鼠洞一般，表面的雪得清掉，雪底下的小缝也不能漏掉。在刷过刀片正面、背面的死角之后，再取下来迅速往酒精里一泡，像是给刀片洗澡一般，所有的细菌都让它到酒精里洗澡去了，10分钟之后，再将百分百消毒的刀片取出，装进电动刮胡刀中，而那片接触皮肤表面的盖子也不能不在酒精中浸泡，最后才将它们组合在一块，让胡子有个干净的去处。当然，下回刮完胡子后，上述的程序得再来一次，然后才能放放心心地收进抽屉。

不知道有多少人是这样清理刮胡刀的。当时见到战友这样清理刀片，眼球有一种被电到的痉挛：真的假的，需要这样麻烦吗？难道过去那样随便刮胡子，都成了细菌的温床？如果再没有好好洗脸，那脸部皮肤岂不成了细菌生长的土壤？而从这些"土壤"中长出的胡子，不就像有比菲德氏菌的酸奶一样，变成一种含菌的胡子？

越想越荒唐，但也越想越有道理，人的毛孔有多小？细菌又有多少？毛孔的宽度，够不够细菌藏身？如果是的话，那我的脸岂不……

不，不能再想下去了，否则画面一个个跑出来，我非跑去洗脸不可！

可是，当兵至今十余年，我仍没有改过向善，我仍是一味地虐待那三天便粗得扎人的胡子，清理刮胡刀也没那样仔细。但那位军中朋友清理刮胡刀的画面却不时跑进脑海，像是放影片一样，提醒我要清就要清个彻底！等到刀片上沾满细菌、引锈上身时就够呛了！

男士们，清理刮胡刀是个基本动作，但是既然要清理，就得仔细清理，否则随便清理，反而会让细菌残留。不过，很多人也因为太麻烦而懒得清理它，便成了逃避的最后理由，所以男人的脸皮虽愈刮愈薄，却也愈刮愈不平，满脸月球表面，偶尔还有血痕，这算是刮胡刀的杰作。

我发现，刮胡子不仅是件大事，更是件重要的事，胡子不仅要刮干净，更要刮得安全、刮得卫生，还得刮得美丽，让脸皮素净。

所以呀，下回女士们跟男士吵架时，叫他去刮胡子就得了。别再得理不饶人，因为男士的脸皮已够薄了！

　　许多时候，我们做事虽然热情很高，但若细心不够，则不能持久，更会弄巧成拙。

和　平

快餐阅读

拿了一本青少年丛书给女儿看，结果得到的第一反应是："怎么没有彩色图？字又那么多，不好看！"她一副不想看的样子，让我有点不耐烦，开什么玩笑？没有图就不想看？而且又还没看进去，怎么知道不好看？

不过，我也知道不能来硬的。用逼读这一招一定不管用。所以只好忍住快冒上来的火，用力地把笑容挤到脸上，然后做可爱状说："那请你帮爸爸一个忙，就是找找看这本书里有没有错字？然后评论看看这本书好不好看，会不会有人愿意花钱买？"

我放低姿态，这才让她点头示好，而且还回了句："爸爸，你平常蛮凶的，今天怎么这么客气？是刚睡醒吗？"哟……我这才知道，原来在女儿心中，我只有刚睡醒时才有好父亲的形象。

"如果不好看，我后面就不看啰。"她加了这句，我的心更是凉了半截。

不过，她肯看这本没有彩色图的书，我已经很满足了，岂敢再有别的要求，至少我有把握，这本书绝对高潮迭起，看了之后，一定放不下。

果然，不出我所料，才看到第二章，她就跑过来说："这本书好好看。爸爸，这本书最后结果怎么样？是不是阿丁他们班得了第一名？"她把书中主角拿出来与我讨论，而且特别强调："我现在才发现，虽然没有图，但是故事好看的话，一样很吸引我！"

话题还没讨论完，她又跑回去读书了，但是却让我产生了很多疑问：为什么之前她会说没有图不好看呢？这先入为主的印象是什么时候建立起来的？再者，嫌字太多就不想看，什么样的书才会字少？

许多营养师不是常说："快餐店卖的餐点不宜多吃，热量太高，营养不均衡，要少吃快餐！"所以吃快餐时，很多人不断被提醒要少吃。那么快餐文化呢？比如阅读，现在是否也有了快餐的情况？图要多、颜色要丰富，但是字却不能多，最好短短几行。这成了什么书呢？

也难怪现代人阅读的书籍日渐减少，因为大家都嫌字太多。但是，我记得自己小时候，读得最多的反而是字多的书，有《亚森·罗宾》一集又一集的办案，有《三剑客》《基度山恩仇记》等忍辱负重的遭遇，有《西游记》《三国演义》的侠义故事，还有《战争与和平》《简·爱》《呼啸山庄》等高潮迭起的世界名著，那许许多多的字为我提供了不少思想的养分以及品格塑造的典范。但这些长篇故事，现在的孩子还在读吗？又读了多少？

阅读，当然需要培养，图多字少固然美观可爱、隽永，但只读这类书难免营养不良，毕竟也只有学生时代才较有时间读长篇故事，不是吗？

和平

一星期后，女儿终于看完那本书，还直说："超好看！"并且加了句："爸爸，为什么作者不继续写下去，阿丁可以继续长大呀！"嗯！我知道，这回她读出兴趣了。

许多事情无法一步到位，必须花时间打基础。如果只想走捷径，结果常是一事无成。

忍 耐

不在乎多吃点亏，吃亏也是占便宜。
不在乎多受点苦，吃苦当成吃补药。
不随便生气动怒，退一步海阔天空。
不随便放纵私欲，免去被罪恶束缚。

只要专心

　　或许是身为家中长子的关系，也或许是成长阶段没有太多兄姐长辈协助的缘故，自小我的读书方法、处事原则一直都是以最安全也最笨的方式去完成。

　　什么是最安全也最笨的方式？就是自己认为行得通、做得到的方式。老师怎么说，我就怎么做；比如要考语文、历史、地理、英语这类文科，我没把握完全弄懂，所以干脆从头到尾全部死记硬背下来，这样我才放心。不过采用这样的读书方法学习理科就行不通了，毕竟用死背的方式去解题，到最后当然是死棋。但当时正值青春年少的我，也真不知道该怎么办，需要有人来帮我开窍。

　　中国人讲"开窍"实在讲得很传神，当那窍门未开时，怎么弄都弄不通；但是一旦开窍，轻轻一点就通了。

　　我有个三表哥，大我七八岁，只要我到姑妈家玩，他就爱问我功课，而且不准其他表兄妹给我暗示。有一回他大概见我无药可救了，读书读得这么辛苦，便说："你上完课、读书后，一定要回想一下，不能下课就跑去玩，或者课本一关就不理了！一定要回想一

忍　耐

下，只要是你想得起来的内容，那就表示你记得了！"

三表哥当时正在读大学，是我这小表弟很崇拜的人物，他说的话岂敢不当回事？自那时起，我便发现"回想"这个方法的确是个妙招。

数学的内容、地理的地图、历史的年代、语文的古文解释，以及英语语法、单词等，全都在下课时间、回家的路上想过一遍，果然，功课的难度变低，成绩开始提升，自然提高了读书的兴趣。表哥的这招"回想"帮我开了窍。

现在，"回想"已成了我的习惯，一本新读的书、一条刚走过的路、一部才看的电影，甚至一个电话号码、一个人名、一则新闻，都在我生活的"回想"之列。

我发现，其实三表哥当时用"回想"的方法帮我，具体来说是要提醒我专心。当专心上完一堂课后，再回想一番，事半功倍；但如果上课不专心，那么回想再久也想不起来。原来"回想"只是一个方法，而"专心"才是重点。

专心做一件事，可以让许多看似困难的事变得容易。有一回听一位老师做了个比喻，我觉得甚好。他说，曾有科学家做过一个实验，同时有两根绳子，一根绑着一个又大又重的撞钟，另一根则绑上一个小软木塞。然后用软木塞去撞那个撞钟，结果一次、两次、三次，大撞钟纹丝不动，但这个实验继续下去，慢慢地，当撞了两千次之后，那个大撞钟开始有点动了，到了三千次，大撞钟整个摆动起来，再接下去四千次、五千次，整个大撞钟就像秋千一样荡了起来。老师说，当专心在同一个点上时，刚开始可能没有反应，但时间一久、次数一多，就会见到成果，只是重点是必须要专心。

直到现在，我那"最安全也最笨"的个性仍没有多大改变。比如三条路让我选，我一定选自己最熟的路走，虽然最远，但也最不会迷路。不过，我倒是越来越在乎自己是否够专心；若走过一条新路，总强迫自己专心记路，回想路标。我发现，"专心"让我渐渐变聪明了，以前的方法最安全也最笨，但现在的方法却是安全又聪明，至少少走了许多冤枉路。

其实生活中各样事若都学着专心对待，不就变得更聪明了？比如专心于婚姻，专心于亲子关系，专心于自己的工作，专心做功课，专心过日子……一切事唯有专心而已，你说是吧？

专心是一种态度，也是一种处世技巧。

忍　耐

好在有书

　　我坐在台中开往台北的长途汽车里，静谧的车厢一片漆黑，我有一种快窒息的感觉。脚被行李挤得动弹不得，怎么也找不出一个舒服的坐姿。

　　"怎么会选择坐这班车回去呢？"我懊恼着。明明知道现在是双休日的周日晚间，所有出游的车这会儿都上了高速公路，塞车当然十分严重。在高速公路上，长途汽车的时速大概每小时40公里，目光所及都是车子；而我，竟然选择搭长途汽车这种交通工具回家！

　　可是，搭飞机嫌贵，坐火车又买不到票，无奈之余只有搭长途汽车了。

　　我坐立不安，7点钟上车，这会儿已过了90分钟，路程却还不到一半。我眼睛直直地盯着前方，一长列的车灯像是一条火龙，吐着舌头喘息着往前攀爬。我算算时间，以这样的速度，回到家最快也要晚上12点了。

　　那是一种近乎酷刑的惩罚，手脚僵直，被钉在椅子上，既不能四处走动，也无法躺卧，空气中偶尔飘来一阵车尾厕所的恶臭，令人作呕。这是奔驰在高速公路上长途汽车特有的风格，该视为票价的附属价值吧！

还有两个多小时才到台北，我怎么撑得下去？窗外已开始下起大雨，车速更慢了；我想解脱，我要逃离，可是偏偏这是最不可能实现的愿望。

车厢里的其他乘客一个个闭着眼，间或还夹杂着鼾声，似乎这段车程，摆明了是要给自己补觉的。可是，我不甘心，我不甘生命中的四个小时就这样荒唐、一事无成地流走，我迫不及待想要挣脱这致命的枷锁。

低头间看到挤在脚前的行李箱，有书呀！顿时，我庆幸这行李箱没放进车肚中，让我终于像漂在大海里伸出双手求救的垂危者，抓住了可以救命的浮木！

我摸黑从行李中抓出一本马睿欣的《游子足音》，几年前已读过，这会儿却像是唯一的救命仙丹。"让我脱离现实吧！"我想。

打开书，就着手电筒的光，一篇一篇读下去，我的心开始跟着作者东飞西荡，偶尔嘴角有笑意，偶尔又想想作者的心情，读得眼疲了，再合上书小憩半晌。一段时间过去，我浸淫在书中有笑有泪的感性中，浮躁的心情像是被窗外的雨洗过一样清爽，不再那样坐立不安。"好在有书！"我暗自庆幸，若没有书，这乏味的"高"速公路旅程，真不知如何熬得过去。

坐在这安静又漆黑的车厢中，只有我上方的灯微微地亮着，我像是走在一个看不到尽头的隧道中，只靠着微弱的灯光在前头引路，强迫自己忍耐："迟早会到站的！总会到的！"我催眠般地告

忍　耐

诉自己。而在这段忍耐的过程中，我需要有个声音来支持我，成为我跨越苦难的浮木。

"书"竟是这时最具灵性也最有力量的声音，带我离开这无奈的现实，去经历另一个时空的喜、怒、哀、乐。我再次确定，"书"这位老朋友，永远都不可能在世上消失，即使科技再发达，读书人口再锐减，"书"永远都扮演着那强而有力的发声者。

此刻的车上，有手机响声，有妈妈叫醒嗜睡孩子的声音，有整理行李拉拉链的声音，当然也有我合上书本的满足声。

车厢亮了起来，我知道我的苦难结束了，也珍惜着所经历的一切。我终于清楚了，在苦难中要找个力量帮助自己度过，如果找不着，或不知去哪儿找，那么就看书吧！我们总会在走过苦难之后的那一刻，笑笑，说："好在有书！"

读书可以让我们得到智慧，
读经典可以让我们认识真理。

没那么容易

"这个月的失业率又提高了!"在一家面店吃面时,邻桌的客人大声嚷嚷着。

"对呀!所以卖面的人越来越多,我们的生意被抢走不少!"老板似笑非笑地说。

"抢你的生意?"客人一副不相信的样子,"面要煮得好也没那么容易吧!大家都以为随便摆个路边摊就能赚钱啦!"

那客人接下去说了些什么,我没再注意,但是那一句"没那么容易"却始终萦绕耳际。的确,很多事情看似简单,但是真要深究,还真没那么容易。

日本电视节目《抢救贫穷》曾报道一位有20年经验的中华料理师傅,开店3年下来已负债1 300万日元,店里没生意,又有个两岁的女儿和年轻的妻子,如果继续这样下去,迟早要破产。节目制作单位收到他们的求救信,便着手安排这位有20年经验的师傅去日本最有名的中华料理店重新学习担仔面及锅贴的做法。

"有那么难吗？不过是煮碗面而已！"这位师傅心里嘀咕着，但是当他煮的第一碗面端到对方的大师傅面前时，却被批评得一无是处——面的份量不够，汤头不够鲜，颜色不够美，配料不够齐……"这样的面怎么能卖钱？"对方大师傅皱着眉头反问道。

"说实话，我现在就想回去了！毕竟我也有20年的经验，而且我也有我的自尊！"这位来学习的师傅低着头说，心里不服气——"不过是碗面呀！"

"没有那么容易。如果你不用心，不为客人着想，也要为你的妻子、女儿着想！"对方大师傅狠狠地说了他一顿，"今天我不会让你走，非要你学会如何煮好担仔面不可！"

他深思后留下来，耐心地一次又一次学着煮面，3天后，终于学得差不多了，对方大师傅要他把所学的全部忘记，而试着去做一碗属于自己风格的担仔面。新店重新开张的那天，生意好得令他意外，当天的营业额是他平常的4倍。他高兴地对着镜头说："这次的学习让我体会很多，许多事真的没那么容易！"

在失业率日渐攀升的这段时间，许多人虽不致三餐不继，但相信也常枵腹从公。心中多少盘算着万一生活失去重心时该如何。环顾四周，看到别人手中正在做的，好像不难，自己一定能插上一脚。所以心想，他能做生意，我也能；他能当主管，我也能；他能写文章，我也能；他能做业务员，我也能。总之，别人能的，我一定也能！

话是没错，只不过我们常忘了深究在别人能力的背后曾付出多少努力与心血，不是凭我们的小聪明在旁边看看就会的，否则难免眼高手低，只有三分样没有七分像。毕竟任何事想要成功，没那么容易。

看见别人成功的一面，
别忽略了他曾经所付出的努力与汗水。

忍　耐

泡　泡

　　与家人趁着假日参加台北艺术节的活动，看到中正纪念堂的广场上搭起舞台、帐篷，有剧校演出的齐天大圣与红孩儿，也有捏面人、画彩蛋、做风筝等民俗摊位。每个人都玩得不亦乐乎，但引起我注意的却是那卖泡泡的老人。一点肥皂水也能做生意，这实在是件有趣的事！

　　卖泡泡的老人吹着泡泡，后面则跟着一群孩子追泡泡。一个一个飘东飞西、晶莹剔透的泡泡，的确让人忍不住想捧在手上。

　　"讨厌，为什么它一碰就破？"有小孩抱怨着，但说完又继续追泡泡。

　　小孩的话让我想到，很多事都像泡泡，一碰就破。一位妈妈说，想写一本书，书名都定了，但写了三篇，没时间再写，只好放着，慢慢地成了泡泡；一位老同学想学小提琴，早年说得信誓旦旦的，却迟迟未行动，学小提琴也成了泡泡；数年前一群好友提议创业，想了一大堆点子，也忙碌了个把月，结果一句时机未成熟，还是成了泡泡。

似乎每个人生命中都或多或少有这样的泡泡，只能说、只能想、只能看，却不能碰，因为一碰就破。

泡泡为什么容易破？因为它太薄，成分不过就一点肥皂水，呈现出的也只是薄薄一层水分，既不凝固，也不坚实，自然不能持久，随时会破。

做事若也像泡泡这样，岂不也随时会破。

印象深刻的是数年前一次台北街头的万人大游行，当天的人数据说超过10万人，游行队伍井然有序，游行过后，地上不留一丝纸屑。第二天，媒体几乎全是赞誉有加的正面报道，带领游行的政党有好的诉求，也有积极的理念，民意借着游行，表达了充分的支持。但曾几何时，当年几位有理想的领导者相继离去开创事业的第二春，但也让自己一手创立的团体如泡沫般迅速萎缩。

原来"理想"二字少了时间的考验就只是空谈，马上就成了泡泡。理想若要付诸实践，只有靠时间来背书！时间成了每一个理想是否能实现的唯一见证者！

我想，如果时间会说话，大概第一句话便会说："我听过太多理想，但也看过太多泡沫！"

如果想写书的妈妈不再动笔，如何能写成一本书？如果想练小提琴的老同学没时间练琴，如何能与琴为友？如果想创业的朋友只是出点子，却没时间投入更多心力，创业如何能成功？

"泡沫化"不正是我们最常交的朋友？一不小心就梦想幻灭！网络世界前景看好，许多人口中一片"向往"声，网络编织多少理想、多少美梦，但能坚定且持久者又有多少？有多少人半途离席，理想如泡泡一样一碰即破？

忍耐

或许当任何人（包括自己）说出一个"理想"时，我们该问，你愿意花多少时间来看它结果？3年？5年？还是10年？20年？

　　标准答案应该是多久？一起来想想！

　　光说不练的行事态度，是无法成就大事的。

高温之后，不凡！

　　"请比较看看，下列四种材质，哪一种最硬？分别是塑料、铜、铁、陶瓷。"去莺歌的陶瓷博物馆看到其中有这样一项实验，觉得颇为有趣。我看到这个问题，直觉回答："应该是铁吧！"

　　但是，既然是陶瓷博物馆的实验，答案肯定不是铁。果然，标准答案正是陶瓷。这个实验的作法是，有一把钢刷，下面分别放了用塑料、铜、铁及陶瓷做成的砖，然后将这钢刷从这4块砖上刷过去，结果看到塑料砖上立刻出现一道一道深深的刷痕，铜砖及铁砖也同样有深浅不一的摩擦痕迹，唯独陶瓷砖，依然光滑如新，没有摩擦的痕迹。这样的结果让我颇为意外！

　　在我原本的印象中，说到陶瓷，不就是养花种树的器具吗？而且陶瓷一旦被摔到地上，立刻便是碎片一地，好像很难让人把这样的材质与它的"硬度"联想在一起。

　　再者，生活当中，我总以为所谓的陶瓷用品都是用土烧出来的，这与铜或铁比较起来，差距实在太大，所以总误以为陶瓷易碎,不比铜铁坚硬。

事实上,陶瓷的运用十分广泛。除我们习以为常的浴厕设备以及花器或锅碗瓢盆之外,连航天员搭乘的航天飞机上的一些设备都包含高科技陶瓷的成分;现在许多电子产品也采用陶瓷,陶瓷应用更为广泛,陶瓷晶体管已是未来科技的重点。

在陶瓷博物馆里逛上一圈,我的既有印象大大改变了,尤其有趣的是,磁铁也跟陶瓷有关,太妙了!原来磁性是从陶土而来,而磁土发现也可追溯至黄帝时代发明的指南车,而指南车等技术后来传至欧洲,更引发了令人称赞的工业革命。

原来陶瓷的历史这么久远,功能这么不凡;而陶土越经火烧质地越硬,这恰与铜、铁相反。

比较陶瓷与铜、铁、塑料,我突然发现,原来我们在生命的过程中,若像那铜、铁、塑料,遇到困难挑战如同火炼般煎熬,最后常常是屈服熔化,无法有所成就。但若像陶土,虽经火炼,却呈现出更不凡的品质,甚至质地硬过铜、铁、塑料,则前途更宽广。

"有志者,事竟成",不是只存在人类的生命过程中,陶土已经用它亲身的实验,证明给我们看。

在中华文化中,常有人用"拨得云开见月明"来鼓励人,也常常强调"不经一番寒彻骨,哪得梅花扑鼻香"的精神。但其实在中华文化中,用得最早也用得最极致的陶土,早在数千年前就陪伴着我们、告诉我们,越经火烧才越精致,越经火炼才越有硬度;看看古人的屋瓦窗棂、桌椅凉亭,这才是更生活化、更实质性的鼓励呀!

下回,或许当我们走进浴室或洗手间时,该有更多的崇敬之意，因为眼前的陶瓷用品可是经高温熬炼出来的。陶土尚且需要熬炼，更何况我们人呢！

　　陶瓷需要熬炼，我们在努力的过程中也必须经得起各种磨炼。

忍　耐

现实与理想

日前，去一个广播电台录音，主持人问了一个由大陆听友提出的问题：当现实与理想不能兼顾时，怎么抉择？

那封用电子邮件传来的信函并没有仔细说明何为现实、何为理想，倒是提到了自己的现状：他原是个大学生，却因经济问题而休学，到东莞去工作，每个月的收入只有人民币700元，合台币3 000元不到，再加上工作十分忙碌劳累，看到许多有背景的同事，每天没做多少事，却拿比他多二三倍的薪水，心里更是不平衡，他不知道自己是否还能回到学校去读书，心里满是犹豫、矛盾与不平。现实与理想相冲突，怎么办？

这封信函的确是充满了无奈，读来令人颇为心酸。但说实话，现实与理想相冲突的状况，在世界各地都有，每个人遇到的情况也不一样，但终究有个迫切需要面对的问题是，要安于现状，还是突破现状，自己是否做过清楚的衡量与比较？

主持人又提到另一位听友的来信，状况也差不多，他是位品学兼优的学生，日前代表班级参加英语演讲比赛，没想到一路过关斩将，从系冠军到全校冠军，最后学校派他参加校际英语演讲比赛，然而也就在这当儿，他决定放弃这个机会，不参加比赛。因为若要继续比赛，就必须花更多时间准备，牺牲休闲与睡眠的时间，同时其他课业也将荒废，无法兼顾。为了顾及其他课程，他深思熟虑后，决定不再比赛。

这同样是现实与理想的冲突，虽然许多人为他感到可惜，但至少他做出了决定。

前后两个例子都有相似之处，不过，前者还在犹豫之中，后者则是明快决定后有个确定的方向。主持人问我，若是遇到上述问题会怎么做？这又是个不容易回答的问题。不过，我欣赏做出明快决定的后者，毕竟犹豫不决的态度最耗人心神，左右为难反而两边都做不好，不如择一而为。至于前者，若有机会再回学校，当然最好，毕竟年轻时多读点书总是好的。

我想，每个人一生中，总要碰到大大小小各种现实与理想相冲突之事，但是选择权仍在自己手中，选择现实还是选择理想，多少也因人、因事、因时、因地而异。但那都是一种操练，更是宝贵的经验。而且，任何决定在事后看来，都可能会有正、负面两种影响，唯一要问的是：自己会不会有遗憾？

我相信，在一次次的选择、决定、挫折、失败或成功之后，所得到的经验都是自己最宝贵的资产。没有对错，有的只是不断推动我们成长的力量吧！直到有一天，终会发现，自己这些经验竟还能帮助其他人度过低潮难关。教学相长，这不就是人生吗？

抉择常令人左右为难，
却也帮助你正视自己的需求与问题。

最后0.03秒

不知道你有没有那种坚持到最后一秒钟，然后终于取得胜利的经历？在美国的NBA篮球赛事中就常有这类的例子：落后一分的队伍在最后一秒进球扭转乾坤，坚持到最后终于反败为胜。看NBA，就是能看到这样过瘾而且坚持到底的一球。

记得1997年至1998年那个球季开始之初，NBA有一场颇为出色的马刺队对灰狼队的赛事，让我对"坚持到底"这4个字有了很深的体会。

坚持到底，当然就是拼尽全力。但是坚持到最后一秒钟是不是就算够了？因为只剩一秒钟了啊，任何事应该都已经无法改变了。

马刺队与灰狼队在当时都比不上公牛队，那几年季后赛他们也无缘参加，一般球迷对他们并不看好。但那年马刺在选新秀时有优先选秀权，所以他们选到了大学篮球赛的状元邓肯，身高2.13米，过去各项纪录也都十分显赫，而马刺的队长罗宾森也是身高2.13米，因此那年的马刺队有了两位"高人"，大家称他们为"双塔"。

至于灰狼队也不可小觑，队中有个宝叫卡尼特，有百步穿杨的功夫，是NBA好手中相当突出的一位。

两队的实力不相上下，整场球赛在双方你来我往中相当精彩。分数的差距也都一直在3分以内，比分交错上升，所以前三节都很难预测哪一队会赢。

然而，第四节在最后9秒钟灰狼队领先1分的情况下，我却看傻了眼。试想，9秒钟会有多少的可能出现？9秒钟不过是打个哈欠、喝口水、伸个懒腰的时间呀！

最后9秒马刺队发球，灰狼队只要稳稳守住这9秒就赢了，所以严阵以待；结果马刺将球传进来，邓肯接到球，转身跳投，"唰"的一声球应声入网，只用了2秒，马刺队反超1分，全场马刺球迷高兴得跳起来，接下来只要守住7秒钟就好了。灰狼队也十分紧张，因为如果取不到分数就要输了；不过他们也不会轻易服输，灰狼队把球发进来，卡尼特拿到球，一路运球带过中场，突然间就看他像箭一样冲出，连过两人上篮，"唰"的一声，进球了！太漂亮了。时间只剩下2.8秒，灰狼队全都高兴得跳起来，准备迎接胜利的一刻。2.8秒，随便眨眨眼就过去了，全场观众也几乎确定灰狼队赢定了。

因此，马刺队若要反败为胜，就要靠这2.8秒，并且用"长人吃篮下"这一招才有机会取胜。于是球传进来，果然是给"高人"队长罗宾森。他一拿到球，立刻飞身灌篮。一般来说，这种球对他是十拿九稳、必进无疑的球，谁知这回他在最后1秒灌篮时，球却在篮筐上跳了一下，每个人都叫声"哎呀"，心都跟着跳起来。我也心想："完了！"然而就在这时，眼看球就要弹出来，大家也都以为没希望了，只见他立刻又再跳起，反手轻碰一下球，场上的马表在0.03秒时，球进了，真的进了！灰狼队简直不敢相信，电视画面也立刻慢动作回放这一球，的确是0.03秒时，球进了，马刺队反败为胜。所有灰狼队员愣在那儿：这怎么可能呢？有人为此甚至掉下泪来。

9秒钟，整场球最悬疑的过程就在这9秒内发生，9秒钟三度改变比赛结果。我才发现，原来"坚持到最后一秒钟"还是不够的，连最后0.03秒都有可能改变全局。如果罗宾森放弃了，没有再跳一次、再碰一下球，那球就弹出来了，但他坚持到底，所以马刺队可以赢球。这场球给我很多提醒，任何结果不到钟响的那一刻，都不能太大意或者轻言放弃。因为就算是最后9秒钟，都有可能三度改变结局。

不晓得现在的你是否也在某个理想与目标中坚持努力，或者你曾想过要放弃。我常想到罗宾森的最后0.03秒，因为它给我很多鼓励与提醒，希望也能帮助你，坚持到底。

半途而废容易造成遗憾，
务必坚持下去，才能赢得最终的胜利。

忍 耐

换口气，划六下

　　来到游泳池畔，我暗自挑战自己，今天至少得来回游10趟才回去。看看池中几个年轻人轻松地手脚并用，缓缓向前，我提醒自己，体力就是这样练出来的。

　　但10趟来回，唉，说得容易，游起来可完全不是那么回事！才游上两趟，我就累了，喘着气靠在池边看别人继续来回地游。特别是几位小学男生，一会儿蛙泳，一会儿自由泳，最后还来个蝶泳，来来回回游了13趟，他们都还没结束。看得我目瞪口呆，大叹后生可畏！

　　身边游过一位老太太，看她脸上的皱纹，应该也有60岁吧！但是她头戴着老人泳会的泳帽，游自由泳的姿势优雅轻松；她游得更棒，从我下水开始，她还没停过呢！一位小男孩游过我身旁时，似有意向我炫耀，大吸一口气后，又蹬腿出去，我却一副残兵败将的模样，自叹弗如。

　　为什么他们游得这样轻松呢？我仔细观察老太太身体的协调

性，发现原来她划六下才换一次气！这下子又激起我挑战自己的雄心壮志，休息够了便蹬腿出发。在水中时，听不到任何杂音，唯一感受到的只有水波在身旁的波动声，整个人像是沉浸在一个空荡的世界中，任由自己的手脚和水产生互动。

第一口气用尽时，换气的一刹那，有如在水与空气间寻找力量的来源，而凭着这口气，我得往前划六下。于是，我开始寻找协调性，憋一口气划六下——1，2，3，4，5，6，再抬头换气，突然间，我发现自己的速度变快了，不再像第一回那么累了，来回3趟之后，才稍感欣慰，起身休息。

原来不需要每划两下就换口气，原来多划几下，反而可以让自己不那么气喘。而每一回在水里，从1数到6时，反而不担心没气，也不急着换气，按部就班，稳稳当当地完成每一个动作。

看着60岁老太太的泳姿与体力，我方知稳定沉着才是在泳池中得以持久的技巧。但"稳定沉着"4个字看似容易，却是生活中最难的功课。喜欢慢跑的人一定也知道，要跑完全程，调匀呼吸最重要，一边数着步伐，一边听自己的呼吸声，才渐渐看到终点。

生活中，对许多事我们常不自觉急躁，打开报纸，看到失业人口增加，看到政府施政进度缓慢，我们心里急躁；看到自己突破不了困境，工作遇到瓶颈，更是容易急躁；而急躁最麻烦的是，它会传染！一人急躁，其他人也跟着急躁，往往便模糊了前进的方向。

忍　耐

"事缓，则圆"，岂不是操练自己稳定沉着最好的建议？

那天，我也终究游完10趟，欣慰地离开了泳池。

遇事沉着稳定、处变不惊的人，
能够化险为夷，担当大任。

恩 慈

多体贴他人的需要，
多设想对方的立场，
多展现自己的善意，
多倾听弱者的心声。

一个遗憾

"真是没有道理，一幢设计精良的建筑，怎么会盖好之后才发现两边不对称，门还是歪的？"我站在比利时布鲁塞尔的黄金广场上，看着这幢市政厅建筑，不禁纳闷。听说这个错误让这位设计师在完工那天，难过得跳楼自杀。

我想，一个能被礼聘来为市政厅设计的设计师，绝非泛泛之辈。而且这么重要的建筑物，不仅要传世，更是政府官员办公所在，这样的建筑当然不容出错。但为什么会出现这样的错？不仅奇怪，而且是锥心之痛。"难怪他会自杀！"一旁的朋友说。

这幢市政厅有一个非常有名的故事，主角人物便是"尿尿小童"。

尿尿小童真的很小，但传说中，当年西班牙军队攻打比利时，曾在市政厅放置炸弹，准备毁掉这幢建筑。但就在这个危急存亡之际，尿尿小童的一泡尿浇熄了导火线，解除了这个危机。因此，人们为纪念这件事，便在市政厅后面立了一个铜像，现在这里成了全世界知名的观光景点。

尿尿小童的传说有好几个版本，但上述这个版本最传神，我听

恩　慈

得甚觉有意思，不禁把尿尿小童与设计师联想在一块儿。

设计师设计了一幢传世的建筑，但是他有个遗憾，深深的遗憾：门歪了，两边也不对称。这是个令人难以理解的问题，不知情的人或许会以为是他故意这么设计，但只有他知道自己的遗憾是什么。这个遗憾令他深深自责，最后他选择了自杀。

但尿尿小童呢？他避免了遗憾的发生，要不是他的那泡尿，要不是他及时浇熄导火线的火苗，悲剧可能就发生了，后人可能只能看到一幢被炸毁的残垣。

我发觉我们每个人都有可能像那位设计师，在没有心理预备的情况下，发现自己造成了很大的损失，而且是无法弥补的损失，那会令我们自责甚深。但我们也有可能像尿尿小童般反应及时，避免了悲剧的发生，解除了可能的危机。

其实，人的生命不就是如此，有高有低、有成就有失意，但如何能让人生的遗憾减至最低，甚至避免发生呢？或许这是我们该多想想的。

俗话说：天有不测风云。所以，从已经发生的错误中，吸取教训；为及时解除的灾难谦虚感恩。相信每个人都可以有尿尿小童的果断，避免遗憾的发生。

从已经发生的错误中，吸取教训；
为问题的及时解决，衷心感谢。

大气一些

《世界日报》刊登了一则新闻，提到一名中国台湾留学生，在取得硕士学位之后，准备返乡，然而在机场出境时，一位黑人警卫在洗手间门口盘问了他几句，发生了争执，之后回头时随口骂了句"Chink"（辱华英语词语）。这位留学生难忍歧视之辱，便掏出他合法购买的手枪，朝这位黑人警卫背部开了一枪，黑人警卫中弹身亡。该名留学生最终被法庭判处有期徒刑14年。

被言语挑衅，当然是令人无法容忍的，这种从骨子里被歧视的字眼，任何人听了都受不了，只不过因为这一句话而使一个人丧生，另一人失去14年的自由，代价实在也太大。

然而，令我深思的倒不是这个案件的发生，而是为什么会有文化歧视。

白人歧视黑人，西方人瞧不起东方人，东方人也看不惯西方人，甚至会说英语的嘲笑不会说英语的。总之，只要有无法沟通之处，就可能会有歧视的情况出现。

那黑人警卫骂中国留学生"Chink"，其意思与都市人说乡下

恩　慈

人"土包子"不是一样的道理吗？其中有嘲笑、轻视、贬低之意，只是为什么会有这样的情况发生？

去美国旅游，最难学的功课是给小费，到底该怎么给？给多少？在中国台湾的餐厅吃完饭结账时，会自动在账单上加一成，算是小费，大家都习惯如此。但在美国不是这么加一成，而是随客人给，不过有个不成文的规定是午餐给10%，晚餐给15%。

我不知道这是不是真的，但当地人这么告诉我，我也就这么做。有一回，请外国朋友吃晚餐，结账后算算小费该给15美元，折合台币之后真不少呀！可是该给的就给，决不能让人在背后骂我们，嘲笑中国人小气，没水平。

去自助餐厅吃饭，觉得那蛋糕实在好吃，临走时，问友人可不可以带一块走。友人立刻面色凝重："不要，再好吃也别拿。你没看见这整间餐厅里只有我们三人是东方面孔？大气一点！你还说别人歧视呢，别给他们有歧视的借口！"

是呀，大气一点，有时候歧视是咱们自己给别人借口的！

在超级市场买樱桃，美国人从最上面的拿了就走，但我们却是从下开始选，因为总觉得表面的只是好看，下面盒装的才新鲜，才是好货，往往也因如此，一个水果摊被拣得凌乱不堪。买水果如此，买蛋、买牛奶也是如此，不知道是不是我们已经被骗怕了，所以到了国外也依样画葫芦？

有一回，在家附近买了一个大西瓜，老板猛吹又甜又好又便宜，回家切开一看，已经泡过水烂了一大半。

被自己人骗，没办法骂他，只能暗自生气，但把这样的习惯带到国外，可就得小心了。

去外国旅游，不只是欣赏风景、了解文化，学习别人的长处也是重点之一呀！

返程那天，坐上"中兴号"回到台北，再从台北搭出租车回家，到家后，车费275元，我给了司机300元，又说："别找了！"司机先生不仅满口道谢，还亲切地将行李搬下，满脸笑容离开。25元的小费，换得彼此愉快的笑容，这是我从"大气一点"学到的功课。

任何事都是如此吧？别那么小气，试着大气一点，和乐的笑容会多一些。

在钱财的使用上，别吝啬小气，
只要大气一点，你获得的远不只一些笑容。

恩　慈

有钱也没用

有没有这样的经历，就是我们眼睁睁地看着时间一分一秒地过去，但对眼前的难题却束手无策？只有干着急而于事无补。

我现在就在这样的情形之中，桌前的表一分一秒地走着，我却一个字也写不出来，因为不知该从何写起，或者说不知该写些什么。

其实不仅写文章会这样，生活中类似的情况也常常发生。比如大雨滂沱，摩托车突然抛锚，而且附近又看不到一家修车店，只好淋着雨缓步推着车，那种无奈与焦急只有自己知道。

记得小时候，有一次家对门的12层大楼起火，火势一发不可收拾，最后整栋大楼都被大火吞噬，所有住户纷纷逃命，有人站在大楼附近看着自己的房子被大火包围，任何水柱都无济于事，那种束手无策也只有用"欲哭无泪"4个字来形容。

也有些事是需要时间来解决的。比如肚子饿得"咕咕"叫时，忍不住想尝一口炉子上正烹煮着的香喷喷的红烧肉，掀开锅盖才发现红烧肉还没入味，实在不能吃。这时候除了耐心等待，焦急也没用。

又好比女人生孩子，明明羊水破了，但到了医院，医生却要她躺在床上一面听胎儿心跳，一面等着生产时间。阵痛次数越来越密集，身旁的老公看着老婆呼天抢地而又还不到生产时刻的那种帮不上忙、束手无策的焦急心情，也只有做爸爸的才知道。

这些情况虽有不同，但心情却相去不远，都是同样的无奈、同样的焦虑、同样的束手无策。有一回在一个小组聚会上，有位朋友提到在书展中碰到一位写书人，大谈自己的写书之道，要顺应时势潮流，写些能大卖的书、吸引人看的书，因为这样才赚得到钱。

有人问他为何不写些关怀社会、关心青少年、对社会有意义的书或者对大众知识有帮助的书？写书人笑笑说："写这些书，赚得到钱吗？"

朋友把这件事提出来，觉得现代人凡事都以钱为重，以赚钱为主，这似乎已经成了生活唯一的目的。

聚会中没有人知道该怎么回答这位写书人的问题，只能说，赚钱当然非常重要，但不是绝对重要，因为也有钱不能解决的问题。

有钱无法使大雨中抛锚的车立刻发动，有钱不能使失火的房子立刻灭火，有钱也无法让炉子上的红烧肉立刻煮熟，有钱更不能让腹中的孩子马上出生。

想想，有钱却不能做的事还真不少。曾经有位广告创意人在一次闲聊中提到他经历的一件事：有一回他去见一位大老板，对方赏识他的才华，要他做一个广告，愿意付比其他人高一倍的价钱，请他好好提案。一星期后，他带了3个不同的企划案去见老板，不料却全被退了回来，并请他再想想看。

恩　慈

那一回他真体会到，什么叫才思枯竭，什么叫束手无策。他说："当时，如果我可以用钱去买到一个可以被录用的创意，我一定马上掏钱。"结果那个案子，他还是放弃了。

有钱却不能做的事太多了，只是我们不曾去思考反省这种有钱也无法解决的时刻。所以当痛苦的经验过去之后，还是照样为了钱而肝脑涂地。

你有钱吗？或者你缺钱吗？你有那种束手无策时的经历吗？

我有个法宝，那就是在任何焦急的状况下，无论再怎么无助，至少都还可以在内心慢慢沉淀后对前途仍然充满希望，如此，事情总会有转机。而这个方法是不花钱都可以拥有的。

就像现在的我，在沉思默想一会儿之后，文章终于写出来了！

束手无策时，沉思默想就是法宝。
不要怀疑，请试试看。

我的生日礼物

妻送我一双鞋作为生日礼物，是她请了一下午假去百货公司挑选的。

生日那天，我去百货公司接她，心里早早地就在期待这一双鞋。她一上车就递给我，"先试试合不合脚"。

我一瞧那样式就不大喜欢，但又不好意思说，只能说："复古式的呀！有点老气。"穿了之后，又觉有点紧，"好像可以再大一些，能不能换？"

"我还怕太大呢！怎么会紧？要换就要去停车了。"妻有点惊讶，因为那尺寸的确比我平常的鞋大半号。

停好了车准备去换鞋，我顺口问："多少钱呀？""很贵！"妻煞有介事地回答，然后再说了一个让我吐舌头的数字。

"乖乖，何必买这么贵的？夜市路边摊挑一双就好了。"

"哎呀！过生日嘛！难得穿双好的！"我心想，既然这么贵，那应该可以买另一个牌子的鞋。于是又试探道："有没有流行点的样式，而且是高筒可以打篮球穿的？你买的是慢跑鞋，又是复古

恩　慈

式，好像不太适合我。"

妻八成听出了我的暗示："拜托你，年纪都不小了，还要什么流行，你以为自己还只是20岁呀！"

"就是因为年纪不小，才要穿流行点呀！"我有点强词夺理。

"好吧！你自己再去看看，今天我已经选得头昏眼花了，这可是克林顿穿的牌子，难得让你过生日像总统一样啦！"

知道可以换别的牌子，我才懒得管是谁喜欢穿的，我只心仪那几双。于是上楼去，妻开始充当向导，告诉我这里的鞋和那里的鞋有何不同，看来她的确是比较挑选了很久才会这么清楚。只是我一想到那价钱就有点心疼，这鞋也实在太高档了吧，比皮鞋还贵。

好吧！既然可以换，我就东挑西拣，一双一双地试。这个牌子看看，那个牌子穿穿，突然发现怎么没一双我喜欢的，还有的鞋居然价钱更贵。比较了半天，我又想，"现在夏天到了，穿上高筒篮球鞋太热，低筒的鞋比较凉快。"我还真有点婆婆妈妈。

这样一个转念，我便放弃挑高筒鞋的念头，妻也不停出主意，"休闲鞋好了，上班下班都可以穿。不然换皮鞋算了，正式点。"

可是想来想去，这些鞋我都有了，如果以用途论，我几乎不需要再买鞋；差只差一双"新鞋"罢了！花了个把小时，试了不少鞋，还是没有结果，只得再试试原来那一双。"其实也蛮好看的，而且质料确实不错！"我心里想着，便又再次试穿原来那双鞋，来回走了几步。妻说："这双真的好看，我俩的眼光怎么会差这么多？"

我只得笑笑，真是难决定呀！"换大一号的试试好了。"我说。于是又试过较大的尺码，我发觉确实是既轻又舒适，"好吧，还是这双好了，不再挑了。"我终于做了决定。妻摇摇头，用一种无法理解的笑容看着我。

带着礼物回家，事后几天，我穿着它上班、购物、逛街，心情一直跟着在变。总觉得它越看越不错。奇怪，为什么第一眼见到它时会这么排斥呢？而且还花了一堆时间要去换，这会儿又为何觉得它变好看了呢？

原来，我对那鞋第一眼的感觉是先入为主，但那并不客观，因为尚未仔细观察过它，所以无法产生喜好，但当我穿上它、感觉它时，才发现它的好。唉！早知如此，我就不必浪费时间去试别的鞋了。

可见美与丑真是没有一定的标准，只看自己能不能接受而已。换一种心情，换一个角度去看事物，可能就会有不同的发现。买一双鞋尚且如此，更何况生活中的各样事物？

今早，我又穿起这双鞋，才出门，妻一眼瞧见，立刻睨着眼笑说："哟！Mr. President，早安！"

嘿！这个生日礼物，挺好的！

先入为主的态度，常会使我们失去公正的判断。
换个角度看事情，云淡风轻心也欢。

恩慈

该有些改变了吧！

在一次座谈会上，一位父亲提到自己教育孩子的看法。他说，许多家庭中的爸爸其实一直都是缺席的，而且缺席很久了！要么是忙工作、忙事业，要么就是忙应酬、忙兼职。

所以，几年前电视上曾打出一则公益广告，名为《爸爸回家吃晚饭》，希望爸爸别再忙了，尽量回家陪陪家人。但是，要爸爸回家吃晚饭，是个太高的要求吗？既然爸爸已经下了班，为何还是会在家中缺席？是应酬吗？是加班吗？

我听到一位朋友的心声，才发现原来还有另一种可能。爸爸下了班，要陪另一个家庭孩子的爸爸，而彼爸爸正是此爸爸的主管。

彼爸爸有不错的成就，所以才能成为此爸爸的上司，也因为如此，彼爸爸早早就送妻子、孩子移民加拿大，成了名副其实的"内在家（加）"。

彼爸爸只身在台湾奋斗，当然颇为辛苦，但同时也颇为孤单。为此，彼爸爸下了班，回到家面对空荡荡的客厅，常不知该如何打发时间，只好决定找下属一起开会。

从此，只要彼爸爸心血来潮，便要求部下晚上一起吃饭、开会，顿时，原本要回家吃晚饭的此爸爸们，开始猛打手机，一会儿向老婆告罪，一会儿再向儿子、女儿请假，那9个字尤其清楚："爸爸不能回家吃晚饭！"

　　彼爸爸约此爸爸们吃饭，名为开会，实为大发高论，一大伙人听彼爸爸一人唱独角戏，从晚餐时间一直说到半夜，此爸爸们则频频看表，似乎老板还没有结束的打算，这时就有了老婆、孩子的急命连环Call，结果又是一阵低头私语的道歉声，然后愧疚地说一声"你们先睡吧"便无奈地关上电话，继续"开会"。

　　彼爸爸当然有他的苦闷，在孤单之余，找此爸爸们谈天说地，是件挺正常的事，但却忽略了此爸爸们还有家。结果，因为一个爸爸的孤单，而连累了其他爸爸背负着不能回家吃晚饭的罪名。真是让此爸爸们不得不叹："大道如青天，我独不得出呀！"

　　这也难怪现代社会的爸爸们都在家庭中缺席，因为彼爸爸的孩子见不到爸爸，而此爸爸的孩子们也等不到爸爸。

　　或许，此爸爸们可以想想，能对彼爸爸说声"不"吗？说了"不"之后会有何代价？业绩变差？印象分数倒扣？还是会失去升官机会？

　　但说了"不"之后，可以赚到什么？赚到陪孩子成长的时间，赚到经营婚姻的时间，赚到与家人沟通的时间，甚至赚到与家人共进晚餐的幸福时间。

　　或许，彼爸爸也可以想想，"内在美"或"内在加"这样的投资，是赚了还是赔了？想想退休那一天，钱有了，房子、车子有了，连绿卡都有了，但孩子长大了、离家了，这时虽想一家人好好

恩　慈

吃顿饭，却只能面对一桌的空位，与妻子间也可能因多年没沟通而话不投机，这样的光景值不值？

如果彼爸爸与此爸爸都不想背负"不能回家吃晚饭"的愧疚，或许现在可以想想是不是该有些改变了。

婚姻中的甜蜜、亲子间的美好，
需要你我用心经营。

向海芋学习

去阳明山海芋田采花，是一次很特别的经历。

走在海芋田里，放眼望去，点点白花在绿叶丛中招手，像是唤着每个来访的客人。有人问我："海芋不是应该长在海里吗？"我顿时答不出话来，只好开玩笑说："对！它还应该是芋头，不是花。"

田主人说，采海芋有特别的技巧，要反手顺着海芋的茎向下延伸，一直探到最底部，然后使劲拉起，可以听到清脆的一声"啵"，海芋就应声而起，这是采海芋最标准的方法。当然有个原则，看准喜欢的再采，可别采了不喜欢便随手一丢。每朵花可都是田主人的心血！

在田主人的指导下，我们下田"采花"。

其实我本没什么兴趣，总觉得"玩"花是女孩子的事，但看到满田的海芋，还是忍不住想带几枝回家。

海芋田中，花有大有小，田主人说："买大开大，买小开小。"我甚觉有趣，我们一行人看准了几朵长得标致又娇嫩的花，

恩慈

准备拥它入怀，但那花的角度位置却经常不是弯腰曲身就能取得的，因为海芋茎深及泥底，必须采取跪姿，然后一路探底，才能听到那声清脆的"啵"。

连续采了几朵后我逐渐熟练起来，也越发对海芋产生敬仰之意。每当跪伏在地准备采它时，我发现自己像是一个俯伏在君王面前的臣子，它昂然挺立，迎风展艳，像一个充满自信的君王；而我，必须卑躬屈膝取得它的信任，才能拥有它完整无瑕的花姿。

我突然发现，即便如海芋者，都不是随手一采就能采得，它应得到尊重与呵护，这就是生命的价值呀！

生命的价值不在乎高等动物或低等动物，不区分是位高权重还是卑贱低下，而只在于那是一个被赋予生存权利的生命！

田主人也说，海芋十分娇贵，如果想要拥有美观的海芋，带它回家后，一定要善待它，提供大量的水分，要是能让它浸在水里泡个澡会更好。

我虽想善待它，但离开海芋田后，又驱车前往别处，不得不让它闷在车里一整个下午，心里虽有亏欠，但也只好听天由命。

回家后，海芋娇贵的身躯已有些垂头丧气，我立刻给它们泡澡，并且剪去茎部一厘米，让它们重新有呼吸的出口，经过一整夜，才将它放至瓶中。我发现，海芋虽娇贵，但当我真的善待它，看重它，给它最好的照顾时，它仍然愿意展现出最美的姿态。

田主人说得没错：买大，花开得就大；买小，花就开得小。在家里，我与我们家丫头一同照顾这几朵田里采来的海芋。每天清晨，由她为海芋们剪去茎部约一厘米，让海芋每天都能有新的呼吸出口，而我则负责换水，让最新鲜的水供应海芋的需要。海芋在我们父女的细心呵护下，花不但未谢，且一直持续着它那白色螺旋状的美妙身姿，彰显着海芋独有的高贵气质。

海芋花在我们家这些日子，让我有很深的体会与警醒，任何生命都有它独特的生存方式。如果我们不在乎、不注意，很可能就会让一个生命个体受伤。若海芋早谢，是我们不勤换水、不为它剪个新的呼吸口而导致的。而植物若早枯，是我们忘了浇水、加少了养分；同样的，如果我们不对身体上的每个器官勤加注意，它们便会生病、出状况。

那么由此联想一下家庭问题、婚姻问题、亲子问题，是不是也是因为我们对他人自尊的忽略而导致的？

看重生命、尊重生命，避免让任何生命个体有受伤的感觉，这样，生命个体便能展现出最美的一面。这是我从海芋身上得到的启示。

学习尊重每一个生命，是最大的谦卑。
看重别人，也就是看重自己。

符号的魅力

　　不知道从什么时候开始，台湾开始兴起一股上海热。虽然年轻人拼命"哈日""哈韩"，电视上也热播日剧、韩剧，但是书店里、报章杂志上却不再迷恋日本、韩国，反而隐隐出现一股上海热。

　　书店里，一本一本的书谈上海，有人谈在上海做生意的故事，有人谈上海人的生活方式，也有人谈上海的文化。不过，最妙的是，电视上竟然也教起了上海话。没想到闽南话说得很溜的主持人，学起上海话来竟也有模有样，两岸之间的距离顿时拉近不少。

　　真的想不到，自己小时候跟长辈们胡乱学到的几句上海话，如今在台湾竟也流行起来。

　　记得有一年在国外，遇到一位杭州来的同学，我便卖弄了几句自以为很溜的上海话。"咦？你说得已经有点不像了。"杭州同学发出的叹气声，我到现在还记得。

　　之前弟弟到上海出差，搭上一部出租车，立刻便说起上海话来，司机问："您打哪儿来呀？""吾是得威垒个（我是台湾来的）。""哦！您还会说上海话。"司机笑笑说。"是啊！吾阿搭（爹）是赏嘿您（上海人）。"弟弟的一番怪腔怪调惹得对方哈哈大笑，不过这第一回合的上海话交流，彼此挺愉快！

但是语言不通的确让人显得生分。小时候，宜兰表姐来家里玩，与老爸之间的对话十分有趣。地上有一叠报纸，老爸说："熬一熬，舍起来。"表姐听了半天，不懂是什么意思，半晌才知是"折折好，捡起来"。接着不久，在厨房里，老爸说："你帮吾把这菜打一打。"同样搞得表姐丈二金刚摸不着头脑，老爸示范之后，才知"打一打"就是"洗一洗"，这闽南话和上海话还真的是差得远呀！

不过小时候写卡片时，我常喜欢开玩笑说："教你一句上海话：啊拉屎赏嘿您（我是上海人）！"结果不是换来一阵白眼，就是一顿臭骂。但是，那句话真的很地道呀！或许是因为用文字写出来才显得难看。

原来，沟通的第一道防线就是语言，语言通了，其他也就不难了，语言其实不正是说出口的一种"符号"吗？当符号被彼此所接受了解之后，隔阂也就不解自开了。

除了语言，生活中也有各式各样的符号。夫妻之间的一个动作、一个眼神；亲子之间的一个拥抱、一个亲吻；朋友之间的一次击掌、一声问候；左邻右舍间的一个点头、一声早安；乃至主管为了帮部下加油鼓劲而请的一顿午餐；或者是走进电梯里对他人的一个笑容……这些不都是沟通的符号？

"符号"是人与人之间的默契，了解了对方的符号，情意也就

恩 慈

加深了。

前两天回到家，听女儿对爷爷说："打唷打唷！打完早点睡觉啰！"哈！女儿已经懂了爷爷的语言，打唷（洗澡）去了。

当人与人之间的各种符号被彼此接受之后，人际间沟通与了解的隔阂也就不解自开了。

良善

不以小人之心度君子之腹，
不以奸诈巧计致他人受损，
不借金钱高利赚他人财富，
不怀妒忌之心陷他人不义。

人生下半场

人到中年，总会不自觉地想到"人生"二字，好像这前半生才转眼过去，后半生却忽焉而来。而这前半生似乎又有许多壮志理想没有完成，因此后半生就不免惊慌着急起来。

可是自己年轻时却不曾担心过，总觉得年纪尚轻，时代是属于我的，任我翱翔天际，做什么梦都可以。直到人生走了一半，才开始担心"梦"快醒了，且醒的时候还惊觉是噩梦一场。所以为了避免自己正在噩梦之中，必须有所应对，把握当下。

不过，话是这么说，但现代人又有几人真有魄力？记得28岁时，我还在儿童美语兼课，教小朋友英语，很有趣，也很有成就感。5年后离开那个领域，心中很是怀念，心想未来的小朋友英语一定都不错，因为家家户户都送孩子来补习。

然而时至今日，报章杂志上却一再强调台湾大学生英语水平差，拼不过香港、大陆及东南亚的学生。这是怎么回事？不是十多年前就已经满街是儿童美语补习班了吗？当年10岁的孩子，如今不是正读大学的阶段吗？从小学到大的英语，应该不赖吧！怎会水平变差呢？原来，多半是因为没有练习的机会。

一个公司的老职员也是一样，工作了五六年以上，他的经验、资历都已成熟，这时他的精力及工作效果应该是最好的，公司的业务至少要比五六年前好一倍以上；但是结果往往让人失望，绩效不仅没有提高，反而停滞不前，这是为何？培养一个人才，照理讲应该会展现美好的成绩呀？原来，又是那个原因，他没有担任主管的机会来练习。

有一次，我去采访刘民和。他说训练自己的工作伙伴是每两年轮调一次，当这位工作人员在某个戒毒村工作两年之后，所有业务、人际关系以及自己的绩效都很稳定时，就立刻将其轮调至另一个戒毒村，让他重新开始磨炼，一来不会养成他在原单位的惰性，二来可以帮助这位同事成长，让他有更多练习的机会。

原来，有更多练习的机会是很重要的事。英语如果只是背，没有实际练习的环境与机会，是怎么也学不好的。如果去便利商店、邮局、快餐店、游乐区，都要求你必须使用英语，保证很快就会取得进步。对于公司的资深职员而言也是如此，每个工作环节都做过，每个决策都有机会参与，才能增加他思考及成长进步的机会。

人到中年，想的事不免多些，人生下半场即将开始，你为自己预备好更多练习的机会了吗？希望这如梦一场的人生，在梦醒之时，会令你回味无穷。

幸福小秘诀

保持一颗随时充电的心，
加足马力，预备——起！

何事摆先？

中国人总要过了农历新年才会感觉新的一年开始了！这个时候，许多人都习惯列下计划、许下心愿，希望有一个新的开始、新的气象。

无奈的是常常会出现一个问题：如何计划才是最好的计划？尤其是何事摆先、何事摆后呢？我发现，这真是现代人最难学的功课。

女儿两岁多时，有一阵子办公室事多，来不及做完，心里便有个念头：可以带回家做。于是经常在星期五的下班时间带了一些办公室未完之事回家，心想在家应有充分的时间可以完成。那晚到家，吃了晚饭，看完新闻，便坐到计算机前，准备继续我未完的工作。但正当我双手放在键盘上，脑中开始思索之时，一只小手突然勾住了我的膀臂："爸爸，到房间讲小木偶给我听嘛！"女儿天真地看着我，她那迷人的嗲音、无辜的眼神以及令人无法抵挡的魅力，叫我怎生拒绝得了？看看计算机，再看看那双眨巴眨巴的眼睛，好吧！我认输了，决定放下工作陪她。那晚，讲了好些个她早

良 善

已会背的故事，一本一本的故事书不断被翻出来，她也似乎都听不腻。接下来的两天也都是这样，可想而知，工作又被原封不动地带回了办公室。

不过，在陪女儿的同时，我发现这样的时刻是值得的，尽管带回来的工作可能因此要找别的时间来完成，但至少那是我自己可以掌握的。但若是现在不常陪小丫头讲故事，等她长大了，不需要我讲时，我可能就再也找不回那双无邪的双眼。有些事的确是过去就真的过去了，没有机会再来一次，为此我岂不是该好好珍惜这双还愿黏我的小手和这颗还要我讲故事的小小心灵！

其实，不仅我们成人在学着列计划，两岁的小女娃也不断在学。那天晚上哄她吃奶，她不肯，一直在小床上把玩着手中的玩偶，不多久，她心爱的背心外套掉到床下，只见她看看我，然后说："爸爸帮我捡起来啦！"我逮到机会说："你把它喝光，我再帮你捡。"果然接下来她安静地喝奶。大概过了半小时，她终于喝完了，她没太在意我们给她的欢呼与鼓励，反而说："爸爸，我的背心可以捡起来了！"乖乖，她还记得真牢，原来她喝奶是有目的的，现在不捡也不行了！想想，这也是她的计划，先喝奶，再找爸爸捡衣服，一件事一件事依次完成。何者先做，小脑袋瓜很清楚。

原来我们每个人从小就有这样的本能，会去计划、安排，只是渐渐长大了，这样的本能不再突显，如果我们自己又不常去细分，慢慢地确实就很难分出轻重缓急了。

我喜欢陪女儿玩，也常逗她讲故事给我听。有一回，我讲了"逃家小兔"的故事给她听，之后，她几乎天天要我复述，听完"逃家小兔"，又要讲小木偶的故事，然而还不过瘾，又翻到小熊维尼……听故事成了她拉着我最好的理由。终于有一天她看中了我口袋里的QQ软糖，想尽办法要我给她一颗，"那你讲故事给爸爸听好不好？""好呀，有一天呢，小木偶的爸爸给他画眼睛……结果呢有仙女来呀……结果呢遇到大野狼呀……结果呢小木偶……"她一直盯着我的QQ软糖继续很肯定地说："小木偶变成小男孩回到家，就变成逃家小兔。好，讲完了，可以吃糖了！"天哪！这糖该给不该给呢？

不晓得你的计划做好了没？记住，写好了就有糖吃哦！

凡事预则立，不预则废。

良　善

君子有成人之美

　　喜欢看运动比赛的人一定都知道在球赛中卡位的重要，打篮球时，在篮底下卡好一个位置，就不容易让对方切入上篮；在足球场上卡住一个位置，就可能在对方传切导球过程中抢到球；棒球赛中更是如此，先想办法上垒，只要卡上垒包，就有机会得分；我想，这大概是运动场上必须有的技巧吧！

　　同样，在高度竞争的社会里，卡位现象也越来越多。卡位，原本只用于球类比赛中。在现实生活中，又叫占位，就是抢先占住一个好的位置。一家公司有主管缺额，底下的人不论资深与否，都想先卡位；学校教职有缺额，在外排队等通知的新老师，就算是约聘兼课也都抢破头，因为卡上位就有了机会。

　　在路上找停车位更是如此，在花了二三十分钟都找不到车位的情况下，好不容易见到一辆车要离开，便高兴地在一旁等候，谁知突然间另一辆车驶过，硬生生卡在一旁，并停进该位，脸不红气不喘，丝毫不礼让，没卡到车位的人只好自认倒霉，继续找了。

　　或许就是这样的卡位现象使然，生活中大大小小的事，几乎难见以礼相让的。如果真有愿意相让者，多半也都有施恩的目的，想讨个人情，或摆个架子，甚至展现权势。单纯以礼相让、有成人之美者，实在少见。

但2003年暑假，台湾的大学联考过后，在报上沸沸扬扬炒了几天的一件美事，令人动容。

颖华是那年社会组考生的榜首，分数可上台大法律系，不过因为家境困难，希望能读军校系统的国防管理学院法律系，但她军校考试的分数却只有"备取第一"的资格，在录取边缘，颇生遗憾，社会大众都为其惋惜。录取名额只有两名，颖华在眼见无望的情况下，已决定接受台大法律系的录取。然而就在军校报到最后一天，颖华竟接到军校的录取通知。原来考上国防管理学院第一名的家佳愿意让贤，把读军校的机会让给颖华。家佳在电视新闻上接受记者访问时，微笑地说："因为她比我更需要！"坐在电视机前的我被深深地感动了！

多美的一件事！又是多难的一个决定！家佳不过18岁，却愿意把大好的前程让给对方，尤其在自己家境也不甚好的情况下，只因对方比自己更需要，而愿意成全他人，这真令成人世界的我们汗颜呀！

特里萨修女曾说："爱就是在别人的需要中看到自己的责任。"这个社会之所以美，正因为有爱，因为多了这份爱，竞争才会少一些，尊重才会多一些。因为有了这股"看重别人需要"的心，才不会产生不平，才会多了份宽大。

或许总有人会说："为什么我要让？"

但，若人人都不让，这世界不就永无宁日？总要有人先开始让吧！家佳让了颖华，相信颖华会更加珍惜，而且两人不再是竞争者，而是挚友。

她们两人的事迹，相信会打动许多人。成人的世界纷争太多，只会卡位，不会让贤；但从家佳的成人之美中，我看到"让"的可贵，这种美好品质值得我们学习。

学习在别人的身上看到自己的责任，
伸出礼让的手，用心感受他人的需要。

我们同一立场的!

有个电视广告把父亲的角色描写得颇为传神：一位卡车司机辛苦卖力地扛着沙包，当他来到卡车旁暂时休息时，儿子坐在方向盘前，喜滋滋地拿出成绩单给汗流满面的老爸看。结果除体育一科90分之外，其余全部都是二三十分，父亲看了伤心欲绝，泪流满面，儿子还得意洋洋地说："爸爸，我的体育得了90分耶！"

父亲长叹一声之后，回身喝了瓶增强体力的饮料，然后继续扛起沙包向前迈步，更绝的是，儿子坐在方向盘前，吊儿郎当地问老爸："要帮忙扛吗？"

老爸汗流浃背，大声说："不用啦！好好读你的书！"

相信很多人看了这则广告都会发出会心一笑，但却多少又有些感慨。这个饮料公司的同类型广告有三个，都围绕着男性身负重任的话题。尤其是这一个：当了父亲的人，再怎么辛苦也要咬牙让儿子好好读书。

广告似乎说到了男性的心坎儿里，但是当它一遍又一遍在电视上播出之后，我突然觉得这广告还有另外的意思，并非只是"万般

良 善

皆下品，唯有读书高"的僵化思想。

这则广告其实也在问一个问题："为什么我们不能用鼓励代替鄙视，用赞美取代责备？"在过去的打骂教育中，以分数决定一切，以处罚来教导规矩，但现在这样的教育方式早已不被接受。广告中的父亲虽然疼爱儿子，不愿让其受苦，但他却吝于说出一句赞美的话，毕竟孩子的体育成绩是90分的高分，如果好好鼓励两句，说不定还可以培养出一个杨传广。

但我们向来只习惯先从对方身上看错误、找缺点。当爸爸的不会因儿子体育得了90分而高兴，也就说不出任何赞美的话。这其实是反向效果，因为儿子没得到父亲的赞美，自然不能得到父亲的认同，父子彼此立场是不同的，所以父亲就继续扛沙包，儿子则继续坐在车上。

不晓得现代家庭中父子间的代沟是否也与这样的情况类似呢？

看看现在的台湾政坛，我恍然大悟。其实不只是老师、父母吝于赞美、鼓励，而是政治人物每天在电视上教民众用责备代替鼓励。连许多政坛老兵都为了自己新加入的政党，不惜与过去的战友们撕破脸，在电视新闻中演出"每日一骂"。殊不知"每日一骂"的结果，只会让彼此愈走愈远、隔阂愈来愈深。

其实每个人都需要赞美，每个人都需要鼓励。你工作得起劲，是因为你被肯定；你成长进步，是因为你得到鼓励。但是你希望得到肯定与鼓励，别人也同样需要，所以如果你还没得到肯定与鼓励，不如先去肯定鼓励他人，自然你就会得到别人的赞美和鼓励。

有一天我对女儿说："爸爸觉得你很漂亮，又很会弹琴，好厉害！"结果她说："你和妈妈都很漂亮、很聪明，才会生出这么厉害的我呀！"那天我才知道，女儿和我们是有着同一立场的。

你要人怎么待你，就先怎么待人，不是吗？

多肯定别人的优点，常说鼓励、赞美的话。

良 善

茶杯垫

　　到餐厅用餐，服务生在餐后送上附餐饮料时，我总会特别注意他是否在冷饮杯下放一个杯垫，因为从一个小杯垫就可以发现这家餐厅的风格与个性。如果杯垫颜色多彩，设计精致，则餐厅必定比较有流行味，较能吸引年轻人群。如果杯垫只是四四方方的卡片一张，上头用红色大字写着餐厅的名字，那么这间餐厅多半中规中矩，强调中式复古的风格。当然也有不放杯垫的，像快餐店或中餐馆，通常都见不到。

　　不过，杯垫有这么重要吗？如果从用途上来说，杯垫可以避免茶水洒在桌上，也可以避免杯底的水渍残留桌上。但这也就是杯垫的主要用途了，若要说它还有什么美观的功能，实在谈不上。再往深处想，用做生意的眼光来看，一杯饮料端上来，客人喝完就开开心心地走了，满意的原因是饮料好喝，而不是因杯垫好看，所以杯垫的重要性似乎又少了一层。

　　但是，既然杯垫的功能并不多，那么店家何必还要花心思设计，甚至投入这个成本呢？随便拿张纸垫在杯子下不也可以吗？

有了这个想法，我开始越来越注意每一家餐厅的茶杯垫。如果可能，在端上饮料之后，我就先将杯垫移开，将上头的水渍擦干，当成宝贝似的收起来，准备下回自己在家喝茶时，再拿出来垫在杯下慢慢欣赏，或者把它当作小卡片送给小朋友。

这么收集了几回，再细细把玩之余，我突然发现，杯垫竟也有个性。原来餐厅的主人不把杯垫当杯垫，而是视它为与饮料、餐点同样重要的产品。餐厅不仅提供美味的餐饮，而且也提供这压在饮料下的茶杯垫，让客人在享用餐点的同时，也可以欣赏这精致的杯垫。杯垫还有另外一个用处，就是可以成为用餐客人带走的纪念品。所以，杯垫已经不再只是杯垫，俨然成为这家餐厅的代言者了。

原来，每一样东西都有其妙用，即使不起眼如套餐中的杯垫都有其独特的价值。可见，只要谨守本分，看重自己所扮演的角色，就必然能发挥出自己的特色。

如果把套餐比喻成一个工作团队，那么团队中，有人会是餐前酒，有人会是浓汤，有人会是牛排大餐，也有人会是沙拉水果、餐后点心、咖啡饮料，当然更有人会是盘子、杯子、叉子、汤匙，甚至是那张垫在杯子下的杯垫。

而这份套餐中，每样东西都很重要：少了叉子不能用餐；少了牛排则套餐就不够分量；少了浓汤，又觉失了些味道；而少了咖啡饮料，则减少了浪漫的气氛。少了杯垫呢？那就失去了让客人带回

良善

去做纪念品的机会啰！

我终于发现，原来做个称职的茶杯垫竟是这么重要！

在团队中扮演好小螺丝钉的角色，
学习与他人合作、协同，一起努力。

做个好果皮

一张桌子在什么情况下会越来越乱，一个角落在什么时候会堆起东西，且越堆越多，一个房间在什么情况下会变成像仓库，且杂乱无章？

其实原因很简单，当第一份放在桌上的文件没整理，立刻就会有第二份、第三份文件占满桌面。当第一箱东西放在角落不去处理，没多久就会有更多箱物品占领那个角落。因为既然放了一箱，再多放一箱也无所谓，既然已经乱了，再乱一些也看不出来。以致原本干净清爽的角落变成了堆放"整箱书""整箱饮料""整箱文件""整箱舍不得丢的东西"的地方。

当然，当一个角落如此，立刻就会有第二个角落如此，那么当一间房间各个角落皆如此时，那就不叫房间，可以改名为仓库了。现代人常抱怨都市起居空间狭小，但是却从未想过空间小的原因。任何环境中，劣币驱逐良币，坏习惯会影响好习惯，所以上行下效之后，脏乱就会越来越盛，空间使用率也越来越低。同理，社会风气也是如此：好的榜样会带出好的影响，坏的示范则会引导坏的学

良 善

习。上位者如果廉洁，下位者便会谨慎自守；上位者若贪污腐败，下属自然会跟着捞些油水、得些好处。

所以，提倡员工多读书的老板，自己要先开始读书；鼓励晚辈努力学习英语的长辈们，自己就得先把英语学好；当然，上位者若想让社会暴力事件减少，自己更要减少谩骂、不使用语言暴力。这是"榜样"二字历久不衰的领导之道。想做好一个领导人，除了管理的智慧，还要以身作则，为他人树立榜样，如此才能带领团队走向成功。否则就算看上去成功，也顶多只是表象而已。

去超级市场买些苹果回家，没有削皮，苹果可以放上一星期也不会坏，一旦削皮，最新鲜的苹果也放不到一小时就发黑。可见果皮是保护果肉的。但是如果买苹果时，从外表就已看到果皮上一小圈腐烂的情况时，那就表明里面的果肉已经烂了一半。

果皮的保护就像是一个领导人的榜样：果皮很好，果肉就能保护得很好；果皮若开始腐烂，果肉就腐烂得更严重。所以领导者若是好果皮，其部属就会是好果肉。若领导者经常马虎、不负责任，甚至说谎、贪污，那么这样的果皮之下一定不会有好果肉，甚至烂到不可收拾。

古代商人靠马拉货，若采购一批珍贵药材，跋山涉水回到店里，将药材放在仓库中，3个月后再拿出来卖时，却发现药材发霉了，这时该怎么办？是不管它，照样卖高价，还是降价便宜卖？

都不是。一个正直的商人，会请部属全部拿去烧掉，因为发霉的药材会吃死人，不能卖。这样有为有守的商人，就像好果皮，会引导部属个个正直，不走偏门，不投机取巧。

若人人皆能如此，又怎可能有假米酒事件、打错针事件，甚至有在八掌溪上看着4个人活活被洪水冲走的事情发生？"君子之德，风；小人之德，草；风行而草偃，上行而下效。"这真是至理名言呀！

原来，做个好果皮这么重要！

　　　　不论你的角色如何，切记谨言慎行，
　　　　为周围的人带来正面的影响力。

良　善

智慧的指教

中国人习惯用"耳聪目明"来形容健康的老人，似乎表示只要耳还能听、眼还能见，这身体状况就还可以。

但是往往人上了年纪，这两样基本功能却退化得最明显。有一回姑妈来家里，说起她的眼睛，一个劲儿地叹气：3年前一次白内障手术，开瞎了她的右眼，心脏不好的她，走在路上都怕会随时昏倒，这会儿只剩一只眼睛能看，一想到这些就忍不住叹气。不过，老人家喜欢看她的侄孙女（我家丫头），所以常慢慢地逛到咱们家，一老一小有说有笑，倒也让她寻得些乐趣。

有一回，她兴冲冲打来电话，说要来吃饭，也看看小丫头，老爸还特别弄了些她爱吃的菜等她！但那一回硬是等得菜都凉了还不见她来，后来才知道，原来老人家在路上昏倒，被人叫醒之后送回家了。那一回着实把我们吓坏，几位表哥也决定让医生再为她仔细做个检查。

后来她换了个人工心脏，适应得挺好，更神奇的是，她另一只两千多度近视的眼睛，也在眼科医生的治疗下，恢复到只有70度近视，像是换了只新眼，连远处几个大字都能读得出来，也真让我们对现代医学科技无比佩服。

耳和眼是人与外界接触的第一道关卡，通过这两个器官，我们才能与外界产生关系，若少了其中一样，确实麻烦不少。比如姑丈，80岁的年纪，双耳已不管用，旁人一句话得说3遍他才听得清楚。这些年我为了帮他办理大陆亲戚来台事宜，与他有较多接触，才发现他老人家虽然耳背，却健步如飞，每天还骑摩托车到朋友处摆龙门阵。姑妈与姑丈这对老夫妻是我欣赏的长者。

"你别看他们老，做起事来可毫不含糊！"老爸常这么说。那年冬天，姑妈打了几件毛衣给小丫头；后来毛衣小了，不能穿了；入夏时，她老人家便拆掉加毛线重打，小丫头就这样年年有新毛衣穿。

"她年轻时就打毛衣，直到现在，闭着眼睛也能打。"老爸的语气中带着得意，颇为他的大姐自豪。

"明年我们自己包粽子吧！"有一年端午节，姑妈和爸妈闲聊："自己包划得来呀！你算算看，10斤米可以包60个，外面一个卖35元台币，30个就要1 000多元台币啦！自己包哪要花这么多钱？"想不到老人家还这么精打细算，说得大家都跃跃欲试起来。

"明年我们真的来试试！"老爸这么说，一副兴趣十足的模样。姑妈年纪虽长，但精力旺盛，早晨6点已经在公园里运动了。老年生活能如此自在，也真是福气。

"你姑丈也挺厉害的，还能找到你办公室！"姑妈软软的上海口音，都不大敢相信80岁的姑丈还能来办公室找我，"现在我们都老了，身体越来越不行了。"老虽老，却不含糊，我真羡慕他们还

良　善

有这样的身体。

　　"扇子扇凉风，人人在手中，若要问我借，过了8月中。"有
一天小丫头喃喃地念着。"谁教你的？"我问。"姑奶奶呀！"小
丫头拿着把扇子边扇边说："姑奶奶给我扇子，这样就不会流汗
了。"想不到老人家送把扇子给丫头，还能带首诗，这智慧实在不
可多得。有句话说："铁器钝了，若不将刃磨快，就必多费气力，
但得智慧指教，便有益处！"

　　老人家的智慧，就是这样让人得到益处，所以，怎么教小孩，
看看老人家的教法就知道了。现在自己年纪越长，越发珍惜老人家
的智慧呢！

　　"家有一老，如有一宝。"珍惜老人的意见与智慧。

信实

以诚恳的态度待人，
以规矩的行为守约，
以诚实的话语交谈，
以信用的招牌营生。

一双"老鞋"

鞋子旧了该怎么着？丢掉吗？还是修修补补再撑一段时间？

现代的做鞋技术越来越高超，一双鞋好好保养，总可以穿上好些年。再加上现代人在经济能力许可的条件下，一年或许会增购一两双新鞋，结果常常形成旧鞋还很新，却又多了几双新鞋的情况，以致鞋柜常常"鞋满为患"。

所以，如果鞋多了又还舍不得丢的话，就把它们捐出来吧！

不过，鞋子若只是旧，捐了倒还可以加惠缺鞋的人。但鞋子若是旧得有些年纪了，就不只是新旧的问题，还添加些感情因素，必须称之为"老鞋"了。

"老鞋"之所以老，因为它老得有历史，也老得有故事。打开鞋柜，瞧瞧这双，是妻子送的生日礼物，再看看那双，是某年的父亲节礼物，还有这双是某年出国旅游的纪念品，更有一双是多年来陪着自己站上讲台支撑双腿二三小时的伙伴。每双鞋都有各自的故事，虽旧，却也老得有感情。

穿上"老鞋"，便已注定为这鞋写历史。有的鞋出过国，游历

信实

过四海；有的鞋则出入交际场合，光鲜亮丽；还有的鞋跋山涉水，经历过泥泞水淹；当然，更有一双鞋陪着自己驰骋球场，弹跳冲撞，或是轻盈漫步，休闲健身。鞋的故事，从新写到旧，从旧写到老，而"老鞋"也就这么跟着老主人，自然就舍不得丢了！

去年底，有双篮球鞋，就让我陷入丢与不丢的两难之中。它鞋面有点破了，不适合捐，鞋底也坏了，到了该丢的时候。可是一到假日想在篮球场上秀两球时，却又会穿起它，总觉得穿着它，心里就踏实，脚踝才受保护，也才像个打球的样子。

"再穿一个月吧！"我对自己说。一个月后，"再穿半年好了，这鞋还能穿"。半年后，"这鞋还真牢，怎么穿不坏？"我不知是否该再延续它的寿命，但往后头想，总觉得下回打球时穿不着它，必然会失落，于是准备丢的鞋，又被我塞回鞋柜里。

这双"老鞋"，现在还在鞋柜里养尊处优，只等着我一声令下，再回篮球场上蹦跳几回，只不过上球场的机会少了，穿上它的时间也就不多了。为此，有个疑惑在我脑海迟迟未解，留下这双"老鞋"有没有食之无味、弃之可惜的意思？

"老鞋"不知何时才能再披挂上阵，而且一旦新鞋加入，"老鞋"被惠顾的机会就更少，那么"老鞋"又该如何扮演应有的角色？这倒是一个挺有趣的问题，不过，我发现自己多虑了，因为它乐，我也乐。"老鞋"就像个忠仆，一生一世守候在主人身旁，当忠仆老了，能出场的次数少了，而主人却会拍拍它的肩，偶尔聊聊天，像搀扶老友一般，同路同行。

穿上那双"老鞋"，我突然懂了，"老鞋"似乎在说："宁可做双'老鞋'，也不要做双旧鞋，'老鞋'有始有终，旧鞋却可能随时捐了换主人！"

宁做"老鞋"，不要做旧鞋。

信 实

守门人的守门人

在新闻传播的相关领域中，"守门人"（Gate keeping）研究是很重要的一环，不论是在文字视听媒体，或者广告文宣传播机构，"守门人"的观念常常是维持原则的一道关卡，这个关卡守得好不好，常常需要靠守门的人去做决定与判断。

很有趣的是，这个"守门人"的概念是研究"团体动力学"的大师李温（Kurt Lewin）在一项食物选择的研究中推演出来的。他的学生怀特将其应用到了新闻媒体上。

李温经研究发现，食物要进到一个家庭的餐桌，只有两个途径，一个是去市场买，一个是自己种。所以在这两个途径中，就各自有许多选择与决定的过程。

如果是去市场买，会面临该买什么，哪些是今天就要吃的，哪些是改天才吃的，是煮成中国菜、意大利菜、法国菜，还是川菜、上海菜、台菜等一连串问题。屈指算来，这些选择就不下十余种了。而这些食物买回家后，何者该放在冰箱，何者应放在贮藏室？这又是一次选择。

如果是自己种食物，也会面临一些选择：该种些什么？是蔬菜类、瓜果类，还是稻谷类？种子如何分布？如何施肥、浇灌？有没有季节的差异？

通过上述两个途径，李温发现其实每做一个决定，都可算是一道"门"，而门边必定有个守门人来为这道门把关。

所以在每个家庭中，可能有许多守门人去决定不同的事。在咱们家，阳台上的花草、小鸟，是我的"守门"范围；小熊维尼、芭比娃娃和小叮当一定是女儿在守门；当然也有一些是我与妻共同的守门领域，如洗衣、拖地、买菜、旅游，各自在不同时间去守门。而有趣的是不同的人守门，会有不同的标准。例如晾衣时该用大衣架还是小衣架，洗衣时要用哪一种洗衣粉，洗衣机要设定洗多久，拖地该先拖房间还是客厅，用拖把还是用抹布……乖乖，仔细一想，我们每天在"守门"这件事上，还真是"负责到底"！因为"门"是非守不可，只不过标准不一。

从李温的研究到新闻媒体的应用，再到生活中各项事物的联想，我发现，"守门人"其实是一项非常艰难却又有趣的课题，尤其吊诡的是，既然守门人是做决定的把关者，那么有没有一位守门人的守门人？或者说，在守门人的心中，那个帮助他做判断的守门者又是谁？

我想，面对是非黑白等价值判断时，在每个人心中守住心门的那一位，应该只有内心吧！如果没有内心这位守住心门的守门人，我想当每个人面临选择时，只有随从众人的观念了。"大家都这么做，或许是对的"这样的观念将成为判断选择的守门依据。

怀特的研究表示，新闻守门人会以新闻的特殊性、显著性、趣

信　实

味性等为原则去挑选新闻，而新闻编辑可能还会根据记者的文笔及新闻的异质性去评估新闻。那么对于我们每天在生活中的守门经验而言，什么才是原则？真的是"大家都这么做，或许就是对的"吗？

新闻需要守门人，媒体需要守门人，做判断选择时需要守门人，但是守门人的心门更需要守门人。

近日来，许多八卦、绯闻事件占据报章媒体大幅的版面以及电视广播的头条，不仅对阅听人毫无益处，对当事人亦可能造成未审先判的情况，实在是所有新闻守门人应注意的问题。当然，身为阅听守门人的我们，亦有责任担任守门这一关，拒绝阅听八卦、绯闻等信息，相信这才可以帮助媒体当好守门人。

不要追随世俗价值，忽略天赋之禀，
决定乃要照内心意愿，不可人云亦云。

身教的机会

相信每位父母都知道一句话：身教比言教重要。这是所有教育专家在任何演讲场合都会强调的重点。但是通常说起来比较容易，要做到可就不简单了。

首先，"身教"二字强调的是榜样，也就是说，立一个楷模让孩子依循。所以，自己做得到的事，可以示范给孩子们看，鼓励孩子跟着做；但若是自己做不到的事，却要求孩子去做，那可就失了立场，站不住脚，只有言教而没有身教了。

但什么样的事最容易流于言教呢？答案肯定是"品格"二字。

比方说，诚实、温柔、谦虚、礼貌这些品格，用教的、用说的、用骂的、用规定的这些方式全都不管用，只有一招，那就是有榜样可看。

前一阵子，我访问一位外交官，谈及他的两个孩子，才得知老大是康奈尔大学博士，老二是哈佛大学博士。我好奇他怎么把孩子教得这样优秀，他谦虚地说："没有特别教他们什么，是他们自己学习的。"但是他们从哪儿学习呢？我心里立刻有了答案：孩子们从父母身教中所学到的知识，无形中当然帮助品格的培养。例如，父母爱看书，孩子多半也手不释卷；父母态度谦和有礼，孩子也同样会礼貌第一。这位外交官虽没刻意教孩子，但孩子却是身教的受益者。

有一回，我带女儿去药房为她弟弟买奶粉、尿片，她兴冲冲地陪着我在药房里来回穿梭，一会儿拿奶粉，一会儿搬尿片，成就感十足。结果结账时，两罐奶粉加两包尿片，金额却只有1 200多元台币。我心想："怎么这么便宜，一罐奶粉就将近500元了，怎么买这么些东西才1 200元呢？"我拿起账单检查一遍才发现，原来少算了一罐奶粉钱，于是我笑嘻嘻地对老板说："老板，你亏多了，竟然少算了我500元。"

老板起先还满脸狐疑，皱着眉拿起账单检查，连一旁的店员都凑过来帮忙算，这才惊讶地发现真的少算了，而且还是不小的数目。顿时老板笑容满面，不断向我道谢，同时还客气地送了我一个小礼物。不过，让我很受鼓励的不是这个小礼物，而是听到女儿在旁说的一句话："爸爸，你的心好好哦！"

回家途中，我抓住机会说："今天要是没发现老板少算，明天还要再跑来一趟付钱。"女儿问我："为什么？那个老板并不知道自己少算了钱呀！"我回答："但是老天爷知道啊！老板少算是他不小心，我们不能故意装不知道呀！而且，诚实是我们应该有的品格，如果大家都诚实，这个社会才会越来越好，坏人会减少，好人会变多。"

我不知女儿听进去多少，虽然我还是爱讲大道理，爱对孩子发表高论，不过我感谢上天，让我有这一次身教的机会。

与其坐而言，不如起而行。
以身作则，才能让人服气。

信　实

事前多麻烦点

我喜欢集邮，也从集邮一事上学到许多功课。小时候和邻居小孩疯狂迷上集邮，每回一有新邮票的告示时，便立刻奔走相告，然后起个大早，趁邮局开门前先排队，等着买新邮票。

一套一套的新邮票，既保值又能欣赏，常是我们小孩子拿出来炫耀的宝贝，尤其是好不容易排队才买到的邮票，更是珍惜万分！

有一年是虎年，快过年时邮局到了新年邮票，我又起了大早，买到了3套虎年邮票。1套有2张，面值分别是4.5元与0.5元。那天买回去给母亲看，在欣喜之际，才发现邮局工作人员给了我5张面值4.5元及1张面值0.5元的邮票。"哇，那我不是赚到了？"我脱口而出，心里有点小小的贪心，但母亲立刻变脸，要我拿去还给人家："你不还，要害人家赔钱，而且可能为了查账还下不了班，你自己麻烦点，可以让人家省很多麻烦。"于是，母亲带着我一起去邮局，换回正确的邮票。那一回，母亲的坚持让我对"诚实"二字有了很深的理解。

邮票很美观，很值得收藏，但却不容易保存，因为纸做的邮票最怕潮，也怕脏，就算小心翼翼放在集邮册中，仍不免受到这两样"天灾"的攻击，于是在难以避免的情况下，只有尽人事地用玻璃纸把邮票一张张包起来。

那可是挺费功夫的，一来包装技巧要好，不能折到邮票，二来手上的汗水也不能沾到邮票上，那可会使邮票变黄。总之，迷邮票的人，对邮票可真是爱到家了。

我没多大耐心，也不擅长包邮票，但看到同学们都这么做，也就兴致勃勃地跟着做。

"现在多麻烦一下，以后邮票会很漂亮。"我们常去的集邮店老板说。

我们也就一直这么做，偶尔我们还会互相交换邮票，因此，邮票也变成我们存钱的动力，为了一套珍贵的邮票而努力存钱，或者用两套新出的邮票去换一套几年前出的邮票，这样的集邮心情一直到读中学才中断。不过后来再买邮票进来，多半就不包了。

多年后，我发现，在邮票上多包层玻璃纸确实延长了邮票的寿命，因为与一些未包上玻璃纸的邮票相比，它显然干净漂亮许多，尤其那些小时候收集的邮票，至今已20多年，依然完好如新，虽然只有一套，但却值得品味再三，而且价值更高。

当时多麻烦一点，可能让后来省却许多麻烦，这是我从集邮上学到的心得，也因此，我常在睡前会习惯性想想明日要带的东西。就算已钻进被窝，我还是强迫自己起床，把东西塞进书包，以免隔日匆忙忘记。

现在虽不再有小时候集邮的那股热情，但是"事前麻烦点"却成了自己的习惯，我常会想起母亲牵着我走进邮局还邮票的那一

信 实

幕：那工作人员高兴的眼神，真的如母亲所说，让她少了很多麻烦。而那位集邮店老板得意地包着邮票的样子，也确实让我的邮票至今都保存完好。事前麻烦点，事后省很多麻烦。这是非常简单的道理，但却常在自己的懒惰、松懈、不在意之中疏忽了，结果导致更大的麻烦。

在我喜欢的集邮册里面，有许多成长的故事及学习的功课。我也常提醒自己，该做的事，立刻就做，不要拖，因为现在麻烦一点，可以省去以后很多麻烦。

马虎过日子，会有各种潜在危机，怠惰、散漫，容易荒废工作、学业，甚至危及生命。

专业，更要专心

电视里播出一则贩卖毒品的新闻，嫌犯是20多年前当红的童星。这位童星当年以7岁幼龄红遍宝岛台湾，之后与电视台签下16年的长约，却没想到戏没好好演，见别的生意好赚就率性改行。服役期间又染上毒瘾，自此整个人生走下坡路，年纪轻轻就沾染毒品，坠入深渊。

专业演员如果不专心，只会越来越不专业！尤其拥有绝佳机会、令人羡慕的天赋者，更应及早体会到专业更需要专心的道理。

然而可惜的是，不仅有前述童星败落的例子，在各行各业中，更有太多专业却不专心的情况，一步错步步错，直至误入歧途，万劫不复。

"专业"二字，指的是自己在本职学能上力求进步而展现出的精神风貌，可以令人竖起大拇指，令人刮目相看。但是"专业"的能力，必须要维持稳定。就像职业篮球运动员，既是高年薪、高水平的运动员，就该有稳定的质量，平均一场球有20分以上的表现，而不是时而三五分，时而30分或50分。

信实

运动员中常有人大起大落，有人赚了钱就吸毒，有人出了名去拍电影，也有人干脆合资开餐厅，这些有如玩票性质的"工作"，经常以喜剧热闹开场，以悲剧冷清落幕。

　　但为什么专业的人常常不专心呢？这个问题令人深思。是不是因为人都有一股傲气，喜欢"吃着碗里的，看着锅里的"，总觉"那山还比这山高"，所以当自己这碗专业的饭捧得很稳时，突然觉得自己也可试捧另一碗饭，却没想到自己不一定捧得起，或者捧起后却捧不稳。

　　喜欢做菜的人多半有个习惯，就是到馆子吃饭时，边吃边研究，心里想："这有什么难？自己回家也会做"。结果回家一试，却做成了四不像。类似的情况很多，做演员的觉得自己也可当导演；当歌星的觉得自己也能主持节目；有些人看人家卖汉堡赚钱，就跟着投资汉堡店，开百货公司好像不错，也立刻投入百货业；甚至当自己有点经验时，见他人写书好像不难，也跟着写起自传；发现广播节目似乎很简单，于是又改行靠"说话"吃饭。总之，看来看去，自己好像什么都能做，而且有十足把握。但有一天焦头烂额时，却只有沧海一声笑，回归本业，从头再来！只是不知，人生有多少时间，可以从头再来！

　　《圣经》里曾记载一位皇帝身旁的酒政，名叫尼赫迈亚，他有管理的才能，所以当他决定重建犹太人圣城的城墙时，只负责管理却不干预重建城墙的设计施工。同样的，耶稣的门徒彼得是个专业的渔夫，当他整夜打渔没有任何收获时，他还是一如既往地专心下网，但彼得若在打不到鱼时就放弃，或者觉得当木匠也不错而改行当木匠的话，那么可能永远不会有他后来下的网可装满整船鱼的结果。

其实任何事都应该如此，尊重他人的专业，专心于自己的专业，那么专业的质量才不会日渐下降，专业才不会流于口头之功。

三心二意，容易失败；讲求专业，先要专心。

信　实

眼见为实？

　　一根绳子可不可能吊起一个空瓶子？你一定会说："当然可以，用绑的。"那么如果将绳子伸入瓶里，不用绑，就能吊起瓶子，你相不相信？

　　再者，将瓶子颠倒，而绳子却能因此被吸住，不会掉出来，你相不相信？

　　近两个月，我参加魔术班的课程，学了些魔术，对我很有启迪，特别是对事情的看法，开始试着从不同的角度来设想。因为魔术就是逆向思考，就是让你猜不透，但若是知道其中的奥秘之后，你又会赞叹："原来如此！"

　　前面那瓶与绳的把戏，我可以摆明告诉大家就是魔术，它不是真的，但又让人猜不透。我当然也要恪守魔术师信条，不能告诉任何人是怎么回事，但大家自然会去猜想其中的玄机。

　　先猜："这一定是瓶子有机关。"

　　没问题，我可以将瓶子让众人检查，绝对没动过手脚。

　　你又会猜："那是绳子有问题。"我也可以让诸位检查绳子，绝无异样。

然后我将瓶子拿在手上，绳子放进瓶里，再施点法术（当然是做做样子），然后将瓶子倒过来，那绳子就黏在瓶子里了。你又猜："一定有黏胶或胶带，绳子轻，可以被黏住。"哈，太小看我了，我可以立刻拿起绳子，放下瓶子，让绳把瓶给吊住，在那么短的时间里，总没那么黏性极强的胶可以把瓶子黏得这么牢吧！

我相信你是聪明人，仔细想清楚之后一定能破解我的魔术。对我而言，这个小把戏却是开启我智慧的好教材。比如以前习惯的做事态度，或对一件事的看法，总是凭自己的理智、思考去解决，所以，若用理智去想"绳吊瓶"的把戏，那是绝不可能这样不绑不黏就能吊住的。但眼前这魔术却明摆着就是如此，我突然发现，原来肉眼所见不一定绝对真，肉眼不见也不一定为假，就像空气看不到，但它却真的存在一样。

我恍然大悟，任何事不都是如此，不一定只有二分法，的确有很多可能，尤其台湾现在的社会，只要谈到一点点跟政治有关的话题，立刻就"二分法"起来，马上有人为你贴标签，其实为他人贴标签也只是显示自己心胸不够宽广而已。就像我的家人看了这魔术之后，讨论研究了半天我那绳子是怎么把瓶子吊起来的？我只能故作神秘，然后微笑点头表示：这是我功力高深，真实出现的一个神迹，就看大家信不信了。

这个小小的魔术，对我而言真是受益良多。我改变了自己对人生百态的看法，不再局限于固有的认知中，不轻易下结论，也不随便动怒，因为连绳子都可以把瓶子吊起来呀，还有什么不可能呢？

所以，笑一下，把怒气收起来，魔术让我学习转向思考，给我

信　实

更多灵感与创意，不仅不再只使用"二分法"，而且也有了更多的
体谅和包容。

面对各样挑战，解决方法不只有一种，
学习转向思考，带来更多灵感与创意。

温柔

一滴眼泪可以感动一个巨人，
一句好言可以劝降一个恶汉，
一丝柔情可以抵过千言万语，
一声问候可以尽释彼此前嫌。

一句话的影响

记得小学一年级开学时，我被老师指定为班长，结果开学头三天，喊了三天"起立"，却没人听我的口令，老师只好幽幽地对我说："你声音太小了。"自此，不仅班长换人，我也一直以为自己声音小，胆怯之余，不敢再当什么"长"了。

小学五年级时，班上同学分组办墙报，我在小组中被分配到墙报的右下角，进行自由创作。我努力画了半天，一位女同学说："你画这个什么鬼东西，我们这组的分数都被你拉下来了！"自此，我再也不敢碰画笔，直到高中毕业，美术课总是我不感兴趣的科目。

14岁时，英语老师要求大家背课文，班上同学怨声载道，我回家则当作新鲜事在房里朗读，没想到一个晚上竟背了大半篇，第二天在英语课堂上，正好被老师点到，当场起身背了前两段。老师说："很好，英语有潜力，发音很标准。"自此，我爱英语课胜过其他课程。

温 柔

高中时，向来害怕理科的我，只得靠死记硬背拿分，结果历史、地理、语文都可拿到高分，但唯独不知道作文该怎么拿高分。自小到大，作文从来不是强项，联考该不会惨遭滑铁卢吧！但就在一次语文课的读书心得检讨时，老师讲着讲着就拿出一份同学的作业来念，听了半天，颇觉耳熟，惊讶之下才发现是我的！老师说："被我念到的文章，联考作文一定也可以考得不错。"果然，自此我开始爱上作文，而高三那年联考，作文也终于拿到高分。

大学没考好，考进自己也觉勉强的学校，直到二年级暑假，一位考上预官的学长来班上分享，他说："我们虽然没考上台大，但是台大也有没考上预官的。"哇！这句话点醒了我，在预官考试时考赢台大学生，成了鞭策自己的动力。果然，第二年寒假过后，学校贴出红色荣誉榜单，上面有我的名字。

一句话常常对人的影响甚大：坏话，让人失了动力；好话，却能带来鼓励。

日前，女儿写了张卡片给她妈妈，其中有一句话："谢谢你天天照顾我，帮我梳头发。"就这一句，让她妈妈高兴了许久。

不久前，我意外遇到过去的一位学生，他大声跟旁边同学说："老师，我好怀念一年级时上你的新闻学，给我很多启发。"说实话，这种话让做老师的听了，一切都值得啦。为此，我不仅更加珍惜各个教学的机会与时间，而且更深刻地体会到"教学相长"的意义。

一句话可以让人失魂落魄、灰心丧气；一句话也可让人重新振作，再展雄风。可见，一句话对人的影响有多大！所以，话语出口前，真是不能不三思呀！

常说造就人的好话，常反省在言语上的得失。

温　柔

半夜三点，你清醒吗？

已经很久很久没听过有人问这句话："半夜三点，你清醒吗？"但那天深夜，收音机里的主持人，用感性的声调问了这么一句，我当场发现自己又成了夜猫一族。

半夜三点还清醒的那段时间，首先应该是高考奋战时吧！那时为了多抓点分数，曾经熬过夜。考预官时也拼过命，白天在图书馆，夜里回家后吃碗面又继续复习，因为跟同学打赌，没考上的要请客。后来托福考试时，也曾这么复习过，听力、语法、单词，一样也不放松。

除了读书，半夜三点会清醒还有几种原因，可能是失恋了，根本睡不着；或者是在热恋当中，兴奋得每夜热线电话舍不得挂断；要不然就是和同学朋友外出露营，在风景区夜游。想想上述几种可能性，大概已包括我所有半夜三点还清醒着的经历。

当然，10年前女儿出生时，夜里起来泡奶、换尿片，曾半梦半醒地摸黑干活，那时自己到底清不清醒，现在实在已不复记忆，反正现在的她，早已亭亭玉立。

可是照理讲，上述那些会让自己半夜三点还清醒的情况，现在应该早就远去才对，怎么一个主持人的深夜问候语，却让我忍不住脱口而出："我清醒，我百分之三百清醒得不得了，就连掉根针在地上，我也听得到。"

眼前，我不仅清醒，而且手上还拿着刚试过温度、量过刻度，并且算过极精准的奶粉比例所泡出来的零到一岁婴儿配方奶，正不偏不倚地塞进一个正用天真无邪的大眼瞪我的小婴儿口中。因为他胃口日渐增大，在母奶来不及供应时，我这个"泡奶游击队长"就只好整装出发。收音机里传出的音乐也配合得正好，是艾伯塔诺尼的慢板，这音乐正适合喂奶，颇贴近夜深人静时众人皆睡我独醒的心情。

我清醒得连小儿喝了多少毫升奶都一清二楚，若他想偷睡暂时休息不喝，我也都反应敏捷，拉拉奶瓶，那张小嘴立刻就得给我动起来。半夜三点，我真是清醒，清醒，又清醒。

30岁时深夜喂奶的清醒程度我早已忘记，八成清醒指数不太高。但10年后的今天，清醒的感觉却是如此深刻，应该说，这其中有许多感恩吧！感恩上天再让我做一次奶爸，感恩夫妻感情越来越好；感恩女儿乖巧懂事、学艺皆佳；感恩家里多一小儿，可以陪姐姐、陪妈妈、陪爷爷奶奶，也陪陪我。

现在，你若还问我："半夜三点，你清醒吗？半夜三点，你在做啥？"

温　柔

我的标准答案是："半夜三点，我不马虎，清醒得很，因为半夜三点，我是泡奶游击队长。"

听从内心的声音，心怀感恩才会得到上苍的眷顾。

门很窄，过得去吗？

记得我20多岁刚考上汽车驾照那一年，得意地开着老爸那辆老爷车上路，但手忙脚乱、心跳加速，对马路上来往的每一辆车仿佛都有种敌意，生怕它们随时会撞上我。不过，虽然如此，新手上路的兴奋与喜悦，却不时挂上嘴角。那天老爸坐在旁边，我记得自己是一路笑着开回家的。

可是，我一直有一些紧张，或许也可以说是害怕，怕什么呢？怕上高速公路！平常上班都在市区开，很少往高速公路跑，一旦有机会开上时速90公里，双脚都觉得不听使唤。尤其当车速快时，车道两边的白线在视觉上便沿着前方逐渐变窄，有时不免觉得奇怪：这么窄的路，车子能不压到线吗？

许多年前，一位刚考上驾照的女同事问我："你有没有在高速公路上开过？"

我得意地说："当然有！"

"你会不会觉得路很窄？"她这话问得我顿时心有戚戚焉！怎么她也有这种感觉？

不待我回答，她旋即接着说："而且，我最怕过收费站，每次远远看到收费站，那么窄的入口，我的车这么大（1.65米宽而已），都觉得车子会卡在入口处，过不去！"

　　"真巧，我也有这种错觉啊！"我像找到了知音，兴奋地响应着，同时也希望她能因我的认同而不再害怕上路。

　　直到现在，虽然开车已称得上老练，但在收费站前，我仍不时有这种好笑的错觉——"这么窄的门，过得去吗？"

　　我突然想，很多时候，事情的难易就跟我们开车过收费站一样。远远看，总觉得那门好小，车子过得去吗？直到进了收费站，才发现：宽得很啊！不仅过得去，而且绰绰有余。可见，人的感觉有时只是一种错觉。有许多事情，从表面上看，难度很大，心里不免怀疑："做得到吗？完成得了吗？"直到实际开始做，甚至完成之后，才恍然发现，哎呀，之前太大惊小怪了，不仅做得到，而且绰绰有余！

　　所以，远看收费站门很窄，过不去怎么办？总不可能将车停在半路上呀！硬着头皮就过吧！通常头皮一"硬"时往往就是契机来临之时，终究能发现那入口的门到底窄不窄。

　　我常拿这件小事提醒自己，有些事看起来真的很难，但又必须要做，怎么办？逃避吗？小时候，联考每个人都要考，能不考吗？该当兵了，能不当吗？该付房贷了，能不付吗？该缴税了，能不缴吗？同样的，该守规矩时，能不守吗？反正横竖该做的总归要做，就硬着头皮做吧！

　　我发现很多奇迹都是这样发生的！看山很高，以为自己爬不上去、走不完全程，但硬着头皮上吧！耶！还真的就上去了！看到眼前待写的一万字报告，心里不免想："怎么写得出来？写得完吗？"越想越不敢动笔，所以还是硬着头皮写吧！终究能体会，写完最后一个字时的那种如释重负的喜悦！

女儿学钢琴，从右手单音到双手一起弹的那段时间，总是吵着说不会弹、好难弹，我心疼却也无他法，钢琴是她在学呀！只好在旁说说鼓励的话，她也只得硬着头皮练了！终于，当那首老觉得难弹的曲子从她的指尖流出时，我看见了她的笑容。

原来，难事不是年长的人才会遇到，任何年龄段的人都有他觉得难的事。但，虽然难，过不过呢？

"看门很窄，说不定是错觉，硬着头皮过吧！"这是我从驾驶汽车中所学到的功课。

不要把困难放大，尽管放手去做，
这就是契机。

温　柔

看牙记

在我认识的亲友当中，很少有人有主动找牙医洗牙的习惯，若不是等到蛀牙已经疼得受不了，或是松动的牙齿摇摇欲坠时，通常能不找牙医就不找牙医。

而我也是其中一分子，平常牙齿没什么警讯时，不会想到去牙医那儿保养一番，或许是躺在牙医椅上有一股莫名恐惧感吧，总让自己一拖再拖。

但几次牙齿的酸痛终于让自己投降，鼓起勇气与牙医约了时间，这回是位女医师看诊，不同于男医师的严厉与寡言。

"嗯！你这颗牙已经蛀了很久也很深了，要花一段时间来治疗。"牙医师慢条斯理地说。

我就知道，绝不可能一次就治好。但尽管心里毛毛的，牙齿总还是要看呀！还好，医生的态度亲切，而且解释详尽，甚至请护士拿了面镜子来要我自个儿看。果然，一颗被蛀得乱七八糟的牙可怕地出现在眼前。从来没有这么仔细地看过自己的牙齿，这会儿可真知道该好好照顾它们了。

接下来就是一连串的治疗，由于牙床都打了麻药，所以我很自在地让医师诊治，而且我还竖起耳朵听医师们的经验之谈。

"上次有个4岁的小男孩来看牙，一坐上这张椅子就哭。"医师对着护士说："结果，你知道怎么了？"医师一面刮弄我的牙齿一面说，"那位陪他进来的爸爸当场就叫他下来，然后拿皮带打他。边打边骂，小孩哭得好大声，我劝都没用。"女医师的母性让她谈话都带着妈妈的口吻。

"那后来呢？"护士问，边说边用吸水器吸着我嘴里的水。

"当然就不看啰！"医师叹口气说："我真不知道这个小孩以后怎么敢来看牙？"

我张大着嘴，听得自己也想叹气，无奈张口"啊啊"，无法发表高论。可是，真有这样的父亲吗？或者该问：真有这样没有智慧的父亲吗？

"你这颗牙还好今天来看了，没有伤到旁边那一颗，否则就麻烦了。"医师敲敲我旁边的牙齿说，暗示我如果痛的话就叫一声。不过，我满脑子还是想着那父亲打孩子的画面。"怎么打得下手？"我疑惑着。

"4岁怎么就来看牙？这么小就有蛀牙啦？"护士睁大了眼睛在一旁问。

"据说他每天抱着奶瓶上床睡觉，当然就蛀啰！"医师一本正经地解释着。

乖乖，我想到咱们家女儿也有这个坏习惯。"要改！"我心里这么决定着。

"这叫奶瓶性龋齿，很多小朋友都有过。"医师这么说。

温　柔

那天是我第一回治疗，没想到从头到尾都在听医师、护士讲"故事"，让我暂时忘却看牙的紧张与疼痛。不过，回到家来，我却担心起女儿的牙，那夜，我开始让女儿提早喝奶，且睡前一定养成刷牙的习惯。

我发现许多事情都是环环相扣的，所以要做个智慧的人还真不容易。那位父亲必定是常常看到孩子的坏习惯改不掉，才会发这么大的脾气吧！

牙齿的细菌实在可怕，可以趁咱们在享受佳肴时，悄悄地躲进齿缝中，如果没有刷掉它，它便开始侵蚀，那一点一滴的影响，最后可以让人痛得怕看牙医呢！

不过，睡前不刷牙只是生活的坏习惯，还可以弥补过来，但是生命中的坏习惯呢？如贪小便宜、扯个小谎……这些坏习惯的细菌一旦侵蚀了生命，会带来什么危机？

我决定，每晚我不仅要更努力刷掉牙齿上的细菌，每晚也应想想今天有什么坏习惯或不好的细菌也侵蚀了自己的思想，左右了我的行为。

许多坏习惯都是隐而未现，日积月累形成的。

剪刀、石头、布

喜欢打桥牌的人一定都知道，桥牌中有所谓的"王牌"或是"缺门"。"王牌"代表所向无敌，王牌出手之后，其他牌黯然失色。尤其当对手出了一张大牌，而自己手中刚好无此花色的牌时，便成了"缺门"，此时又可以借王牌来赢对方的大牌。

所以每个人都希望手中有几张王牌，因为王牌可以左右牌局，可以赢过其他花色所有的牌。

我喜欢玩桥牌练脑力，但更喜欢和女儿玩"剪刀、石头、布"比运气。因为这游戏没有王牌，而且有输有赢，尤其在增加些变化后，更能增加许多乐趣。

有一回，拿了女儿的一个盘子，其中刚好有三格，我便指定大格是"布"，中格是"剪刀"，小格是"石头"，然后与女儿一起玩"剪刀、石头、布"这个游戏。接着，换眼睛是"布"，鼻子是"石头"，耳朵是"剪刀"，又继续玩。我突然发现，好像划酒拳也有类似的玩法，像"棒打老虎、鸡吃虫"就可以这么玩。

玩了半天改良式的"剪刀、石头、布"，又再加些变化，

温柔

"如果我出剪刀，你可以指着鼻子来赢我，会不会？"女儿想了想，似乎领悟过来，顿时大战开始。两人一下子摸耳朵、一下子指盘子，一会儿我的手掌大开比个布，一会儿丫头马上又摸着耳朵回招过来，彼此有输有赢，这回你强，下回我占上风，互有先后高低。

吃晚饭时，她突然煞有其事地对她妈妈说："剪刀、石头、布里面，好像没有一个可以全部赢的王牌哦！"

"对呀！"我搭腔："也没有一个会全部都输的呀！总有赢的时候！"于是咱们又开始在饭桌上忽而指盘子，忽而摸眼睛，妻还以为我们在打暗号。

那天之后，我突然喜欢上"剪刀、石头、布"这个可爱的游戏。它算是公平的竞争，因为这次猜拳输了，难保下次不会赢。

这个游戏突然给了我很多鼓励，也给了我许多教育孩子的话题。生活当中，有些时候可能自己是"剪刀"，而遇到的状况是"石头"，所以输了，但是下次说不定会遇到"布"，那不就赢了？

有一回，女儿和年幼的表弟在一块儿玩，要她多让让弟弟，她不依："为什么每次都要我让他？"我觉得她问得很有理，不能勉强她，只好游说道："就当你今天是'石头'遇到'布'吧！"没想到她竟然听进去了，她后来说："碰到表哥时，他就是'剪刀'遇到了'石头'，他会让我！"

是呀！生命不正是如此才显得出奇妙，从那回之后，我们常用"剪刀""石头""布"来为自己打气，不用担心、抱怨自己是"剪刀""石头"还是"布"。

现在回到家，我总会这么问她："今天你是'剪刀''石头'，还是'布'呀？"

不要抱怨这个世界不公平，应当学习坦然面对，因为老天的公平超出我们的想象。

温　柔

节制

吃喝七分饱，不再多一分，
玩乐有时尽，不再多一秒。
穿衣求温暖，房屋避风雨，
行车为代步，刚刚好最好。

扔与不扔之间

因为整理书房的关系，最近一直在扔与不扔中作抉择。扔什么呢？还不就是些长年未用的书本、杂物。

难得趁这个机会，把该清的东西清一清，而且搬桌子、移柜子，往往牵一发而动全身，逼得自己不得不把所有物品一一检视一番。结果一番整顿之后，竟发现自己有整整一大箱的东西是超过两年未曾使用过的。尤其是书，多半看过之后就搁进书架，学习古人藏书的美德，谁知这一藏就藏得"寒尽不知年"，藏得"闺女嫁作人妇"。

我开始发现，书对于我而言，是习惯往书架上搁的，然而这一搁之后，下回再看它时却已不知在多久之后；古人藏书，是为了能不断翻阅，享受读书之乐，可是我的书却变成不断累积的空间压力。

除了书，还有收集来的剪报数据、画作，以及自己的手稿，当这些东西拿在手上时，更是犹豫不决。我自知这些东西是用不到了，过去的参考数据早就用过，手稿则多半付梓成书。那么还要这

节　制

厚厚一大沓的手稿作何用？但该丢吗？我还真有些不舍，毕竟那曾经是自己一笔一画写出来的，难道就这么扔了？

这样的犹豫不只发生在书房，也同时发生于卧室中。每当气候转变、服装换季时，一些旧了也破了的旧衣，我总舍不得丢；破了的，找根针来缝，终究又可以穿一个年头；衣服如此，鞋子也不例外，脏了的布鞋浸水洗洗，蒙尘的皮鞋则上油抛光，往往一番功夫之后，又是好鞋一双。不过，虽然如此，到了整理的节骨眼，还是有扔与不扔的犹豫。

当然，如果能送的，倒也无妨，为自己的旧衣、旧书找个新主人，也是好事一桩。但是笔记、手稿之类的呢？还真得硬下心，丢吧！

经过这一番折腾，丢东西成了最难也是最大的学问。我开始铁了心的丢，不想太多，能丢的就丢，不用的也丢，尽可能丢，为着能有更多的空间，为着能有更清爽的环境。

在这一番过程中，我才发现，原来"舍"与"扔"比"得"与"有"更难。然而生活中却需要更有智慧去抉择何者该有（得），何者该扔（舍）？

现在咱们家的书已经不再只有我的书了，还加了些女儿的儿童书籍。这几天又刚买了新书，又得为它们找位置放，这"取""舍"之间越发显得难了。

好不容易，一切总算归位，前几天，我突发奇想，将原本打算扔掉的废纸、旧书、旧杂志废物利用一番，将大小比例相同的纸撕下，一张张折成垃圾盒，送给邻居、亲友摆在桌上用。没想到大受欢迎，也有人纷纷请教怎么折，一眨眼的工夫，既做了人情，又结了好关系，甚至还充当了折纸老师，实在不错。可见有些东西不要只是丢而不用，如果废物利用一番，会有不同的效果。

或许是这件事影响了我的态度，我开始更加善用废纸，接下来几天，一一拿起我的书，全用杂志纸包起了书皮，换了个新装，一时之间，直叫我惊艳，原来读书、买书、整理书，也可以这样有意思。

我现在正有一本书的封面是用自己的手稿包的，够炫吧？去书店都买不到这样的包书纸，真好。小时候，开学第一件事就是包书，现在再把这个乐趣找回来，一面包书，一面还可看看书，这一举多得的事，岂不把"扔与不扔之间"的难题解决了？

生命中有些包袱，应该放下。
该扔就扔，才能让生命更新。

有脑袋才有口袋?

"先生您好，这里是信用卡公司，我们挑选了1 500位信用良好的贵宾，推出一项优惠保险，每天只要22元台币，就能拥有100万元台币的寿险。"

"对不起，目前我不需要。"

"那么我们还有一套新的贵宾理财计划，我把数据寄给您，好吗?"

"不用麻烦了，谢谢!"

最近不管日里夜里，经常接到这样的电话，而电话接多了，不禁好奇自己什么时候已经变成金融公司亲睐的对象。

或许是近年来金融控股投资公司的大举营销，让许多人误以为这是个理财的时代，不会理财或没有理财的人就落伍了。如果你不懂理财，基金公司或证券公司会有一大套理财办法教你理财，但奇怪的是，为什么自己的电话号码会流出去? 为什么他们知道我的地址?

为此，每回接到类似的电话，总有些不耐烦，甚至偶尔被对方嘲讽，被笑话没有理财概念，但隔着电话，也只能无奈地说不出话来。所以，这会儿接到信用卡公司拉保险，那会儿又接到证券公司提供未上市明星股，每个营销人员都以兴奋的语气，告诉你一个发财的机会，或是只有"贵宾"才能享有的理财保险计划。

昨日无意间在看一个电视理财节目时，被来宾的一句话吸引，他说"要有脑袋，才有口袋"。然后就开始侃侃而谈，教人如何理财。

但我们生活在一个消费文化充斥的社会里，所以既要鼓励消费，又要鼓励理财，这不是挺矛盾的吗？终于有人站出来解释，说这是用信用卡理财的时代，也就是不断地用信用卡消费，然后还款时用另一家信用卡来还这家信用卡的费用。

于是许多人以债还债，越还债越多。还有现金卡，鼓励你借钱，强调借钱不是丢脸的事，且马上就有钱可消费。此外，更有消费型贷款、助学贷款、汽车贷款……甚至房屋贷款，都有极大的吸引力，要你借钱。

原来理财的目的就是要你去贷款。因此，有人借钱来投资股票，贷款来炒房地产，美其名曰"理财"，以为这么做可以大赚一笔。

那位专家的话"要有脑袋，才有口袋"再次在我的脑海中回响，我发现所谓"要有脑袋"不是在于如何投资钱财，而应是如何管理钱财。而"管理钱财"这个课题，其实前人早就有提醒，而且人人都学得会，那就是"不要背债"呀！

原来"背债"才是现代人理财的原因，因为当所有的东西都用分期付款或信用卡先享受后付款的方式达到满足时，"债"就已经

节　制

离不了身了，而所谓"理财"就变成怎么"理债"了。

　　那句话或许应该这么说："要有脑袋知道不要背债，钱财才有可能进口袋。"

　　理财的第一步，不要背债，你抓到窍门了吗？

　　　　谨慎用钱，不可贷款度日。
　　　　拟订计划偿还债务，是基本要务。

"没有理智的"

高中一年级时，我有一个绰号，叫作"没有理智的"。

为什么会有这个绰号呢？高中一年级时，每逢下课，一帮同学就喜欢在磨石地上玩滚地垒球，也就是投手将球滚进本垒板，而打击手就在球进垒的一刹那，用手将球打出去。这个运动看起来简单，但真玩起来还挺有学问的。比如说，投手要学习如何投滚地变化球，或者快速直球，而打击手又要考虑该打成高飞球还是滚地球。

我是个很厉害的投手，经常揣摩如何投出滚地变化球，投一个又旋又急的变化球，在接近本垒的当儿旋转进垒，打击手在该打或不该打之间犹疑时，球就溜进垒包。"帅！好球！"再做一个得意的表情。如果是较弱的打击手，被我"帅帅帅"连三帅的话，那更是可以得意好半天，毕竟打滚地垒球想三振对手可不容易！

但我总在志得意满、求胜心切下意外失误。有一回轮到我打击，两人出局，二、三垒有人，只要我挥出一个安打就能得分了。结果同学献计，叫我打一个滚地球在一、二垒之间，这样安打概率

节　制

会高些。谁知，对方投手投出来的球都是跳球，通常这应算是坏球，可是如果跳球被打中的话，可以飞得又高又远，有全垒打的希望。

顿时我见机不可失，球一路跳过来，我看准了猛力一挥，哎呀，挥棒落空，连续三球都没看准，就这样被三振了，气得同学们大叫："你没有理智呀！坏球你还打？"自那一回开始，我就有了绰号——"没有理智的"。

投球时也一样，我深知跳球有被打全垒打的危险，所以总在研究旋转滚地球的方法，可以投个让对方打不到的变化球。但有一回又是求胜心切：我每一球都想投变化球，每一球都想诱拐打击手，但竟然越想投进好球区，就越是投成坏球。

眼看两好三坏的局面，再投坏的话就要保送对方了，我顿时担心起自己投变化球的实力。但是，又不能投个直球让对方打吧？怎么办呢？

我想起了自己被跳球三振的经验，不如也投个跳球吧！如果对方没打到，马上就可三振对方。我心意已决，立刻就把球投出去，一个又快又猛的跳球，我料准对方一定打不到。结果，球真的进垒了，咦！怎么不打呢？

只见裁判说："跳球，四坏球保送。"

"啊？"我当场傻眼！我怎么没想到已经三坏球了？投跳球不是白白送对方上垒？

"你没有理智呀？三坏球还投跳球？难怪你叫'没有理智的'！"同学们大喊大叫，我的绰号顿时流行开来。

之后，"没有理智的"来，"没有理智的"去，我的名字活像个日本名字，长长的5个字，而且是形容词，一个又拙又奇怪的名字，就这样陪伴我度过了高中一年级。

想想也真是不值得，不过是打场球嘛！就这样被取了个不像绰号的绰号，而且也不取好听点的，比如"聪明的""英俊的""用功的"，或者"听话的""乖乖的"，取什么"没有理智的"，真是的！

到了高中二年级时，同学中转学的转学，下课抄笔记的抄笔记，这支垒球队就这样自动解散了。但是那两次令我被唤成"没有理智的"的经历，却始终停留在记忆中；这个绰号也时时提醒我：判断一件事常在一念之间，任何事总要想清楚再决定，否则事后才搞清楚状况，必定又被说成"没有理智的"。

我不知道自己现在是否有理智，但是开车时，遇到违规的车辆，我也会加上一句："红灯还左转？没有理智的！"

处变不惊，三思而后行，是处事智慧。
忙中易错，弄巧却成拙，最易带来懊悔。

节 制

其实是"拉皮提臀"

暑假期间为了身体健康跑去上了一门课，叫"皮拉提斯"。哦，对了，千万不要把它想成是"提拉米苏"，因为前者是让自己减重，后者则是帮自己增肥。

在上课之前，完全没接触过这样的课程，没看过这类书，满脑子以为只是跳跳健身操，跟着教练甩甩手、踢踢腿，用阶梯上上下下吧！

直到上课那天，才完全推翻脑海中所有印象，因为整堂课几乎全是躺在地板上做运动。

"这能流什么汗？能消耗多少热量？"我看着自己松垮垮的肚皮，突然怀疑起来：上这堂课真的对自己有用？

既来之，则安之。我只好听着台上肌肉结实的男教练的口令，执行每一个动作。

我这才发现不对，原来有些动作，我竟然需要花相当大的气力才能做得到；而这每一次的动作都必须靠呼吸的方法去调和，一堂课下来，竟全身发热，汗湿衣衫。"如果你没流汗，就表明做得不够到位。"教练这样提醒着，我便以此为标准，每堂课都做到汗流浃背。

基本动作是这样：躺在地板上，弯曲膝盖直至脚跟可以触碰臀部，然后吸气，把气装在肺里而非腹部，让肚子凹下去，之后一面吐气，一面慢慢将臀部提起，顺着脊椎，一截一截像只虾子一样往上提，直到整个背部离开地面，然后再吸气，让肺里充满气，再一面吐气，一面从颈部开始，一截一截下来，让脊椎接触地面，直到尾椎也回到地板为止。就这样反复呼吸练习之后，再慢慢配上其他肌力动作。教练说："这消耗的是深层脂肪，而非表面脂肪；而所有的动作在进行时，切记一个原则，就是要慢，不要太快。"

我发现，原来光靠呼吸这一项，就有这么多学问，而呼吸的方式也有如此大的差异。过去我总以为，做任何运动一定会强调动作要快，量要多，如打球、游泳、仰卧起坐、伏地挺身，甚至跑步，都要做到大汗淋漓，而且速度快一些、时间长一点。但经常在运动完之后，不是手酸得抬不起来，就是累得想大睡一觉，似乎没有活化自己的细胞，也嫌运动方式不够温和。

但"皮拉提斯"却像是一种运动的维生素，在自家地板上，靠慢慢呼吸和动作来练腹肌、腰力，调整髋关节，拉直脊椎……这运动虽不像主餐，却是很好的点心，休息在家，随时可以躺在地板上慢慢练习。渐渐地，我体会到它的优点，就好像喝下午茶时来份提拉米苏一样，让人心生满足和幸福，当然也有"拉皮提臀"的功效。

身为现代人，"慢"是门很难学的功课，在习惯了"快"节奏的生活之后，"慢"的重要性已渐渐被人忽略。"皮拉提斯"这门课提醒我，快与慢要平衡才不致因贪快而疏忽了许多该注意的细节。这样，"皮拉提斯"才真的能够"拉皮提臀"哦！

看似简单的事，都有内在学问。
操之过急，自以为聪明，都会坏事。

按 时

　　曾听一位朋友提起他的老板，各方面都很优秀，人很好，做事负责，对他人也热心，可是唯一让人无法理解的是，没有时间观念。常常一谈话就忘了时间，该开的会、该带的物品，也常在忙乱中被忽略，以至于很多时候需要有第二次、第三次去弥补第一次的不足。

　　经他这么一讲，我发现似乎这是现代人的通病，难以有效地管理自己的时间。

　　以前读书时，我常怕自己功课读不完，所以每天回到家，总一定按照计划表完成作业！一个晚上分三个时段，每个时段完成一科，然后再加上盥洗时间，最后在设定的时间就寝。我知道按计划表执行会有一个困难，因为如果前一时段功课做不完，势必会影响下一段时间，而这样顺延的结果，一定是就寝时间越拖越晚，第二天醒来时又将精神不济。

　　为了避免这样的情形发生，我用时间的压力来压迫自己，就算是对自己严格些吧！总不希望时间在稍不留意之下流走。所以我放

节　制

了时钟在桌前，埋头读书时，强迫自己念念有词专注在课本上，如果累了抬起头想休息时，就会看到时钟，立刻就提醒自己，还剩多少时间必须将此科做完。就在这样的压力下，每天强迫自己一定要按时完成，我就在这紧张密集的时间中，度过我的高三时光。

这算不算是个管理时间的好方法呢？我不确定，不过，这个经验倒是帮助我在日后处理事情时，习惯性设定一个测量的标准。我渐渐习惯在完成一件事之后，算算花了多少时间，有没有可能再快些。之后，若再有同样的事件要处理，我心里也大概可以盘算出需用多少时间。

我恍然大悟，原来时间管理最大的学问就是"按时"这两个字！按时开会，按时交作业，按时游玩，按时休息，按时写报告，按时上班，按时……每件事只要"按时"，那就不会出问题，而且结局一般很圆满。

我们当然希望所做的事情都顺利，只是一直没弄清楚其中的窍门在哪儿，原来，只是这简简单单的"按时"两个字。

"按时"也可以说是个时间单位。比如我父亲从我弟弟家步行到我的住处，约20分钟，所以每当他出门之后，我便大概算出他何时可以到达。同理，上班时，从出家门到进入办公室，加上塞车时间，通常也可大概算出时间。

很多事其实也都是这样，当按时去完成一件事时，时间的分配便有规律可循，甚至还可腾出些弹性时间，以应付突发事件。

一位作家曾说，每周他为了看固定量的书，便会拿出一杆秤。秤上放5公斤重的书，而这些就是一个星期的读书量，他用这个标准来要求自己的读书时间。

有个标准来管理时间还真是好处甚多。把学习时间分成一段一段，然后按时完成，不仅压力减轻，而且做起来也轻松。

生活中，烹饪需要按时，工作报告需要按时，四季循环也一样按时，我们都该学习"按时"这门功课。所以，走笔至此，我也该"按时"停笔了。

时间，是上天赐给每个人最公平的礼物，善用时间，计划管理，就不会空跑徒劳。

节　制

能弯曲的膝盖，真好

好久不曾跌跤，却在一次和女儿玩球时，为了捡球被路旁的铁链绊了一下。没想到这一绊，整个人趴在地上，膝盖磨破，血流不止。女儿一惊，玩兴大减，妻也催我回家敷药。原本高昂的兴致，就这么硬生生地被破坏了。

意外的发生经常就是这样，一眨眼的工夫就发生了，出门前还好好的，回到家却多了几处伤口。大概从军中退伍之后就没再有跌破膝盖的经历，就算有小小的擦伤，也都不在膝盖处，所以突然间膝盖多了这一道伤，反而觉得麻烦起来。

倒不是怕痛，也不是小题大做，实在是久未伤到膝盖，这会儿一旦有了伤口，顿时不知如何才能让它快些好起来。小时候的经验告诉我，膝盖的伤口不像其他的破皮处，因为它常要弯曲，但一弯曲之后，原本结疤的伤口又被撕裂，所以恢复的速度就会减慢。

因此，我自然是小心翼翼地止血、上药，然后伸直了腿搁在椅子上，还好这回跌倒时只有右膝受伤，所以另一条腿还能自由伸展。

不过，虽然如此，那个右膝的伤口仍时时提醒我，别任意弯曲右腿。结果那天夜里就寝时，还刻意选了右边靠墙的位置，让腿能直直地"摆"在床上，不受干扰。然而，伤口毕竟是伤口，第二天醒来，它并未收口结疤，仍不断渗出血丝。我穿着一条浅色的裤子去上班，但到了办公室，才坐定便发现裤子已渗出血渍。

这下子我的心理负担加重了，隐隐的刺痛不时提醒我："腿别弯呀！否则伤口裂得更大就更不容易好了！"于是，我只好伸直了腿，不敢任意弯曲。不过，要去洗手间或者倒杯水时，可就麻烦了，我得先慢慢地站起来，然后直挺挺地走到茶水间，你可以试试，不弯曲膝盖走走看。唉！真是难过呀！因为轻轻一弯，就感觉伤口处有血水渗出，所以，要避免它发炎，只好尽量维持"最佳"姿势。更甭提上大号这档子事了，我只好憋着啰！

回到座位上，又继续以同样的姿势，伸直腿坐着。我原以为坐下之后会舒服些，谁知结果根本不是如此。你不信可以试试，伸直腿，一小时都别弯曲，看看是什么感觉。

啊！满脑子都是那种想弯一下膝盖的想法，心里不时想："老天爷呀！只要弯一下就好了，弯一下就舒服了！"可是不成，稍稍弯曲一下，伤口又裂了。

好吧！只得咬着牙，用我吃苦耐劳的毅力，想象着忍耐到底终必得救的甜美结果，就这样硬撑着。好不容易，终于熬到下班时间，我又以僵硬的右腿慢慢骑着摩托车回家。

那真是痛苦的一天，还好再次检查伤口后才稍稍放心，那伤口已有好转的迹象。

这右膝的伤足足折腾了我3天，才让我忘却它的存在，不过那

3天的惨痛记忆却令我至今难以忘怀。平常日子有一双能够自由弯曲、伸直的膝盖或是手肘，该是多么舒服愉快的享受，就算是手指的关节处能自由弯曲也是件幸福的事。

这个经历给我一个提醒，不妨随时体会一下自己四肢可以弯曲的感觉，感觉一下手脚，甚至整个身体的各处，如果没有任何疼痛或不适，那么好好享受一下这份舒适吧！然后大声说一句："感谢上天，能弯曲的膝盖，真好！"

　　时时心存感恩，让我们拥有健康的身体、美满的生活。

够用就好

坐在泰国芭提雅外海的金山岛海边，看见到处是密密麻麻的游客，让一心想讨个悠闲时光的我顿时失了游兴。"跑那么远来这儿人挤人作啥？海边、沙滩，台湾多的是。"

我嘀咕着，花了40元租两张椅子坐下，让家人下海玩水，我姑且吹吹海风，睡个午觉吧！

"嘿！泰国的东西太便宜了！"一位来自苏州的朋友突然冲着我大笑，夸张地说道。"我曾经在法国尼斯待过5年，也是负责旅游的工作，所以海边常去，不稀奇了，来这儿就不想下水啰！"他炫耀地说着，言语中偶尔还流露出一些得意。我只得微笑称是，不知该怎么回应。

"你们一家人打哪儿来呀？"他突然问。

"台湾！"

"哦！台湾呀！有机会我一定去看看！"他扬了扬下巴说："你们第一次来泰国吗？"

"加上前两次出差，这是第三次。"我笑笑说。

节　制

"哦！台湾不错嘛，生活都还挺好的，不像报纸杂志写得那么惨呀！我看这个海滩上，挺多台湾来的。"

"是不少！"我又接不下去了，勉强挤了句："台湾也有很漂亮的沙滩，不过这里水上活动比较多。下次来台湾玩嘛！也有不少地方可以看的！"打蛇随棍上，我积极邀请。

"好，明年就去！第一个考虑先去台湾。"

接着进入休眠状态，有小贩来兜售纪念品、皮带、皮夹一类。

"太贵了！"他应付着："大陆做的，不仅便宜，而且货真价实。这是假的啦！"他老兄挥挥手。

"真的在这里，鳄鱼皮带算你600元泰铢。"小贩拉着那位大陆仁兄死缠活缠，我戴上墨镜，他以为我睡了，所以没缠上我。

"不要啦！皮夹、皮带太多了，用不完啦！"

"你是大老板，怕什么假的。旅行团带你去买，你就不怕是假的？"

"我什么大老板，大老板现在都在水里游泳，你去找他们。"他讲完冲着我笑。

磨来磨去好半天，来了另一位大陆朋友，终于用1 000元泰铢买了两条皮带打发走人。"泰国东西是便宜。"他笑笑说。

我这才发现，原来现在大陆同胞已经这般阔绰，可以这样大声说"泰国东西太便宜了"。

但回到台湾，我觉得台湾的东西也不贵呀！

家附近开了数间"10元店"：订书机10元，五盒订书针10元，一盒色笔10元，一把剪刀10元，一大盒牙签10元……最夸张的是，我看见一只超大号的羊毫也只要10元，我大惊。买回家写它几个字试试，更是心满意足。心想，这不也挺好！台湾经济现在虽然不景气，大家赚得不多，但现在物价便宜下来，日子照样过得不错。

不过家人泼了盆冷水说："便宜又怎样，太多了用不到，一样不需要。"

我这才发现，这岂不与那位大陆朋友买鳄鱼皮带一样，便宜又怎样，太多了用不完，所以不需要。

不需要的东西，不用买太多，而需要的东西，够用就好，这是那位大陆朋友给我的提醒。

贪小便宜吃大亏，让人心浮气躁。
需要的东西，够用就好。

节　制